INK
文學叢書
275

衣錦夜行

廖偉棠◎著

序

何必見戴

梁文道

能不能這樣說，有一種旅遊文學根本用不著作者眞正去旅行，因爲早在啓程之前，他就已經想好要寫甚麼了。例如廖偉棠的《衣錦夜行》。

聽起來這像是個侮辱，似乎廖偉棠窮數年之力四處旅行、拍攝和筆記的功夫全都白費了。不，這不是我的意思。且拿朝聖類比，任何一個朝聖者都不可能兩手空空地上路，相反地，他一開始就滿載了一大套的信念。他深知此行不能被動，而是要主動去尋求些甚麼。那些他所尋求所期盼的東西根本是他一早就知道的，乃至於實際旅程之主要作用僅在於印證。然而，「印證」二字又不可以最粗淺最實證的意義解之，它還包括了某種更深層的拓展和開發。簡單地講，朝聖的重點永遠不在外界那漫漫黃沙上的足印與滔滔白浪中的布帆，而在於內心眞相之漸次敞示；朝聖乃是種建立在肉身經行裡的靈魂旅程。

廖偉棠喜歡《達摩流浪者》，他在自己這部新作中也談到了賈菲和雷蒙那段有名的對話：「最初雷蒙相信『所有生命皆苦』，堅信『世界上除了心以外，一無所有』，但賈菲向雷蒙解釋中國禪師爲甚麼把弟子扔到泥裡：『他們只是想讓弟子明白，泥巴比語言更眞實罷了。』在一次攀山的危險之後，賈菲又啓示他說：『只有痛苦或愛或危險可以讓他們重新感到這個世界的眞實。』他們一味求空，卻是實（他們在大地上的漫遊）把他們對空的思考完成。」故此，旅行依然必要，只不過旅者的用心不是採擷美果探索民情，卻是以道途中揚起的泥塵趨近自己一向思考一向關切著的對象。

廖偉棠並非達摩流浪者般的修行人，更不是朝聖的香客。那麼，他想要的究竟是甚麼呢？

莫非是寫詩的藉口？身爲詩人，廖偉棠腹中似乎眞有一條巴爾加斯・略薩所說的絛蟲，總是不可抑止他寫詩的衝動與才華，所做所爲莫不是爲了寫詩。所以我們在《衣錦夜行》中最容易辨識得到的特徵，就是一般遊記中十分罕見的大量詩句。他幾乎無時無刻地寫，或許是在搖搖晃晃的長途汽車裡頭，或許是病中發燒偶而醒來乃得句二三；甚或是午夜抵達一座機場，無處可去，於是坐在離境大廳的長椅上憶記適才睡夢中的景象。就算他自己不寫，也要在恰當時機吟誦恰當的詩句。於是他注意到甘南拉卜楞寺附近的一座橋，過橋時自然得想起「一夢繁華覺，打馬入紅塵」。

莫非是拍照？以攝影維生的廖偉棠沿續前作《巴黎無題劇照》的風格，拍下了不同地點的種種遭遇。有趣的是，這些照片正如他的文字，並不太過突出各座城鎮的特性，更不以那些最著名的地標爲主題，反而別有一以貫之的格調。回想起來，既然是「劇照」，每幀照片必然要服務於一齣劇碼所設下的基本音調。難怪他這批相片在彰顯材料自身的某個特殊面相之餘，也還總染帶著一種氣息相通的氛圍了。這種氛圍，我以爲是懷舊。廖偉棠也曾總結過西爾維婭・阿加辛斯基對攝影的看法：究極而言，攝影確實是種幽靈的藝術。所有被拍下的，皆已不復存在；如果存在，也只是相片中的存在罷了；水上的留痕，林中的回聲。

自Dean MacCannell以降，研究觀光社會學的學者都注意到了旅者的懷舊心態。很奇怪，那些自命爲眞正旅者，不屑消費型觀光者所爲的人們，總是會在一個從未去過的陌生地點感到一股鄉愁，並且不是對自己老家的鄉愁，而是對這座不曾謀面的城市的鄉愁。明明他沒有來過此地，明明他是初次造訪，他怎麼會懷起這個地方的舊呢？我想，至少對廖偉棠來說，他懷的是種前資本主義生活的舊，傳說中那還沒經過商業活動洗禮的本眞狀態。故此他理所當然地喜歡越南，因爲它太像他兒時的粵西老家。同樣地，到了烏魯木齊，最多去到二道橋便好，再往裡走就是擠滿遊客的「大巴札」了，那是一座過度迎合中土遊客的主題樂園。因此他還熱戀過數年前的北京，那年頭還沒有奧運，更沒有高聳入雲的摩天酒店；有的是仍未發達仍未長胖的藝術家與詩人，以及未經現代工程規整的原始草莽。

在這種懷抱底下，每至一處，廖偉棠所看到的其實全是自己的心象。這不是說他不懂得欣賞每個地方的新異；就像那些專業旅遊作家一樣，向讀者報告遠方的趣聞，令我們可以單單坐在扶手椅上就能想像天下的模樣。其實他懂，例如那不勒斯，在他筆下便綻放出黃色與黑色混合成的泥花，誠然是彼城應當展現的情致。只不過，廖偉棠總是看到了其他人看不到的面向，比方台北，他說此城有「清麗的寂寞」。我很懷疑有多少台北人會認同這個判斷；可是沒關係，他自己也說了，箇中淵源「不足爲外人道」。

早在啓程之前，廖偉棠就已經知道他在期待甚麼。然而，這趟旅行仍然是必要的。讀他這批文字的時候，我一直聯想起百年前謝閣蘭（Victor Segalen）的《出征》。謝閣蘭是法國詩人，通中文，在中國做過翻譯，也曾替漢學大家沙畹考察中國的古蹟文物。他是個怪人，雖懂漢籍，卻刻意望文生意地把一些石碑上的刻字扭曲成奇異的法文詩。當年法國盛行過一陣「異國情調」的美學時尚，謝閣蘭功不可沒。今天要用東方主義和後殖民理論去打倒他那些東方情調實在太過容易，可是粗糙的政治正確批判卻很容易大而化之地忽略掉謝閣蘭的眞誠。所謂眞誠，我指的是詩人謝閣蘭對想像與眞實間的對抗的不懈執著。他的《出征》據說是本中國遊記，但眞正談到旅遊經歷的片段卻屈指可數；大部分篇幅，他都苦於心中想像與腳下現實之間的差距，角力與纏扭。

他說：「旅行者的義務我全沒盡到，如果我不對途中風景做一番描繪的話——這種體裁是好寫的。一個練習，一次體育運動而已。」「這次旅行所穿越的，就是中國——亞洲胖墩墩的皇后，一個以四千年實現的眞實之國。但是，不要蒙蔽於旅行，不要蒙蔽於這個國度、不要蒙蔽於柳暗花明的每一天。……這裡展示的一千人物，目的都不在於把我帶到目的地，而是不斷地使爭執爆發出來，這熱而深的懷疑、第二次地、這樣呈現：當你把想像對質於眞實，它是會衰退還是會加強？」

假如用這段話去解釋《衣錦夜行》還不夠清楚，那就不妨換個角度，換一句更有趣而且大家更熟悉的話吧：「吾本乘興而行，盡興而返，何必見戴」。

自序

青春到處便爲鄉

「青春到處便爲鄉」，友人阿鈍送給我的詩句，寫得眞是驕傲、灑脫，有勇氣能把路過的地方當成家鄉去愛的人，便是有情人，便是精神青春者。這種青春的勇氣不可謂不大，因爲你要去愛、去生活，便意味著你要認識和接受它的方方面面：那不止是華麗和享受的一面（這是觀光客可以輕易占有的），還包括它的瑣碎、複雜、苦澀。但是你要是用心品味的人，你必能在這苦中品出蜜來，而且，這是你自己獨特的體味，和任何一本書上描述的都不同。

這句詩，阿鈍用來形容我，在他眼中，「浪遊者廖偉棠已經越島無數，讀萬卷書也行萬里路。」我卻把這句詩獻給我在不斷遷徙移動中遇到的無數同類。七十年代出生的人，注定是屬於遷徙的一代，在我們的成長過程中，中國對城鄉流動的限制放寬、大學逐漸擴招，年輕人借著升學、工作的名義在一個個城市之間流動，而對於其中我等「波希米亞人」來說，根本不需要藉口，我們是文化流浪漢，逐精神上

的水草而居。最關鍵的是我們都有把異鄉作故鄉的精神，有此精神的人便能得到他所「過處」給他的報償，他和他生命中經過的地方不是馬和驛站的關係，而是戀人之間的關係。

人，本天地間之羈旅者，百代中之過客。本來就沒有什麼地方可稱爲眞正的家鄉，尤其當一個人知曉了這命運，他便應該接受並且熱愛變動不居的生涯——那他才能成爲眞正意義上的旅人。對於這一層次的浪遊者，旅遊是不純粹的，他要的是生活本身，他要求生命就是一場完全的盛宴；觀光是不徹底的，他要的是體驗本身，他要求他生命所經歷過的每一個地方都有愛有恨、在他的靈魂深處留下印痕。正如古人所謂「過處便有情」，愛上，便住下——倒過來講：要住下，怎能不愛上？愛不止是一夜眼神的勾連、繁花之間的擦肩，愛一個人怎麼能不完全體驗他／她？同樣，在世間流變中，一個有情的旅者，若愛上了一個偶遇的地方，又怎捨得不去融入它的生活、成爲它的一部分？

對於我（和我的大多數朋友），北京就是這樣一個地方。在我去北京居住之前，我已經在四個城市生活過：出生地粵西小城新興、少年移居珠海、求學地廣州、最後舉家移居香港，皆不出嶺南範圍。所以當一九九六年我第一次去北京時我就被鎮住了——或者說被她下了蠱。中國原來有這麼瘋狂灑脫的地方，而且弔詭的就在其偏偏又是歷史和政治的核心，我新認識的每個人都似乎在過著這樣一種生活：我原來只在《巴黎，一場流動的盛宴》、《流放者的歸來》、《伊甸園之門》的文字中想像過的生活，詩歌、搖滾、醉酒、愛情與決鬥，幾乎天天都在發生著。於是我日夜謀畫，年年去北京，二〇〇一年索性從香港搬到（美其名曰自我放逐）北京，一住就是五年。

關於香港，我曾經寫過這樣的句子：「在香港，一個異鄉權充了故鄉，最後仍是異鄉。」混雜的文化背景一度使我迷醉——他理應成爲我血液中的一部分，但是還沒有，二十出頭的我年少氣盛，結果在遊戲規則過度完善的香港感到很不爽，這裡的藝術家、詩人們也太小心謹愼，許多只是把藝術視作上班之一種，而我渴望的是生活即藝術、藝術即生活。看來當時只有北京這道烈酒能滿足我的胃口。在北京的五年，是我把自己徹底拋給偶然生活的五年，最初我和當時北京殘餘的「地下」藝術家們一樣，憑著激情過活：詩歌、搖滾、醉酒、愛情與決鬥……一個新鮮的自我也如青草萌生、瘋長。北京成全了飄泊的人，同樣飄泊的人也成全了北京如今風塵浮浪的氣質，這裡的青春大多數是遠離故鄉尋找機遇的青春，急欲找到停泊之處，又急欲找到自由的出海口，因此北京的散聚來得特別快，因此陳昇那首歌只能唱給北京。

更好玩的是，以北京爲基地，我可以四處出遊，五年裡我去西南三次、西北三次、東北七八次、中原與江南更是無數次，然後就去台灣、歐洲與美洲。最難忘的是二〇〇二年春在台灣的環島鐵路漫遊和二〇〇四年冬在巴黎的浪蕩。台灣也是一個彷彿和我血緣相近的地方，每年不去一兩次心裡就發癢，如果說北京呼應了我性格中瘋狂的一面，台北則和我骨子裡的寂寞相呼應，在台灣我與一種清麗的寂寞惺惺相惜——不足爲外人道也。而巴黎，那曾經在我少年時的閱讀中臆想過無數次的波希米亞精神之都，仍然沒有在全球化衝擊中變得讓人失望，主要是冬天的剎那風剎那雨，彷彿把所有曾經在巴黎流浪過的偉大鬼魂都召喚了出來與我同遊，結果成就了我最憂鬱的一本書《巴黎無題劇照》。然後我又回到最現實、最粗糙的今日波希米亞精神之都北京。

北京的粗糙、混亂其實是她最動人的一面，然而她在奧運之路上漸漸把自己規整（無論是形象還是精神上），敷了許多化妝品，漸漸令我失望。可是「我來了，我看見了，我生活了」，君子行在，從心所欲——北京到底鼓勵這種「雪夜訪戴」的精神：「吾本乘興而行，盡興而返，何必見戴。」我輩新游牧民族亦如此，想去一個地方，連夜便去，這是自然；愛上一個地方，住它數年甚至一輩子，也是自然；若突然想離去了，便輕身獨然去，那更是自然。

先我離去的是詩人馬驊，他二〇〇三年赴雲南義教，從此隱身激流中不見。二〇〇五年，我北京的友人狀況大多如此：詩人高曉濤長駐西藏、畫家陸毅遠走印度、音樂家顏峻在甘南學習喉音，音樂家宋雨喆去了義大利，音樂家李鐵橋去了挪威……友人星散，而我說：「時光就是一襲隱身衫。」並且當時的中國正在「熱」起來，我寫道：「我的這個中國，即將賣作戲劇中那個中國。」當我在北京漸漸找不到北京的時候，我已盡興，於是我又選擇了離去，回到漸漸冷下去的香港。

但是對於經歷過北京的我，香港又重新成爲一個異鄉——如今異鄉正正成爲故鄉的代名詞，他再也不是束縛我的地方，反而成爲了我的一個新的「發射基地」。新的浪遊時代早已來臨，我和這些「失散」了的北京浪人們，總有將來不確定的某時、在不確定的某地相聚的一刻，生活正因未知而充滿可能。「青春到處便爲鄉」，這既是一個贊許，也是一個要求，要求我們在尋找「生活的別處」的時候時刻保持青春的氣盛。

Wearing Flowers Wandering in the Night

目次

01 從巴黎到北京

02 從那不勒斯到安達露西亞

從巴黎到北京

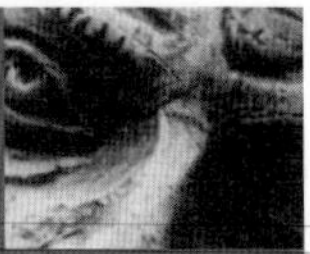

巴黎攝魂記

雷聲又隱隱，這沉重的飽吸了酒水的鬼魂，

能否流動到不遠處的Jazz女Piéf身邊，

聽她唱唱歲月的泡沫？

巴黎，是一個存在過許多美麗鬼魂的城市，我曾如是想像。

我來到巴黎時已經是十二月初，萬聖節已過，耶誕節尚未來臨，正好是鬼魂們安靜下來，準備第一場雪的日子。而淅瀝的冬雨又使他們不安於潮濕的墓園，常借著某些憂鬱的陌生人的身體出來遊蕩，抽著將熄的菸斗，拿著濕透的魏崙（Paul Verlaine）的詩集，或一朵紙做的鈴蘭。他們帶著詭魅的微笑，出來回味他們在巴黎瘋狂的時代、感傷的時代，那時蒙馬特高地和聖日爾曼大街的Jazz樂隊徹夜奏鳴，直到喝醉的小號手維昂在慢板中睡著。

那一臉惡作劇般的小丑神色是多麼容易辨認，當他們在塞納河岸與我匆匆擦身而過，又或是，在奧迪安大街上同一家咖啡店的屋簷下避雨，他們仍有著十九世紀的優雅，所以當我舉起相機拍攝他們時，他們從容得仍如置身一個二十年代超現實主

London Review
OF BOOKS

義畫展開幕派對，舉手投足都像黑白默片中走出來的影子。只是當我快門按下，曝光完成，他們就不知不覺消失了，只剩下細雨敲打舊水道邊上的殘葉和過時的荒誕戲劇海報。

攝影乃是一門幽靈的藝術，西爾維婭·阿加辛斯基在她的《時間的擺渡者》一書中斷言。作爲一個沉醉於舊日世界的攝影師，我深深認同，羅蘭·巴特、班雅明甚至波特萊爾也會舉手贊成，恐怕只有桑塔格會稍有微言，不過她也已剛剛加入了這美麗的幽靈的行列。能眞正揭穿攝影幻相的只有最堅定的現實主義者，但是，又何必揭穿？這一個幻影不過是更大的世界幻影的幻影，如柏拉圖在其洞穴所見。

鬼魂們需要安靜，又不甘寂寞。因此我只是假裝路過，與之竊竊細語數句便告辭離去。好像那天我去奧塞美術館途中，雨突然下大了起來，「無意」的吧？我沿著伏爾泰濱河街匆匆前行，決定在一家旅館門廊下停下避雨，才發現這裡是波特萊爾和王爾德住過的地方，隔著重重玻璃往裡張望，遠遠的大堂正掛著你們小小的肖像，兩個紈袴公子回望我這一個濕透的流浪漢，彷彿說：我們也曾經如此，在巴黎的冬雨中走避不及。我身邊那個黑人門衛在抽菸。也許因爲陰霾的空氣，他吐出的菸看來竟是藍色的。我看到波特萊爾和王爾德的鬼魂混化其中遊戲然後吹散。

還是墓地裡的拜訪更為靜謐，我假裝迷路的酒鬼多次徘徊於蒙馬特、蒙帕納斯和拉雪茲墓地。那裡完全是鬼魂的海洋哪，像我想像過的靈薄獄——死之蔭谷，卻長有陽光熠熠流過照亮那些驕傲的波浪。

在蒙馬特最美麗的一朵波浪乃是上個世紀的瘋子，舞者尼金斯基，他墓前的雕像竟像極了古中國的美猴王，眼角皺紋深鎖，眼中卻是瘋狂的灼熱，彷彿為創造之美所灼傷——我能想像在他瘋狂的晚年，整個聲色之世界是怎樣華麗地交響在他的幻覺之中，而他竟不能一一舞之蹈之，因為人類之肉體是有限的，舞蹈又是一多麼痛苦地想要擺脫這一局限的藝術，帶著鐐鏈的跳舞，因為絕望而絕美。如今這天鵝般舞者更自囚於一銅像內，微笑著，穿著小丑的鈴鐺服，舞蹈就在他的眼光中。

蒙帕納斯墓園最顯赫又是最不顯眼的鬼當然是波特萊爾。這能勝任巴黎眾鬼之王的惡魔詩人，竟仍屈居在蒙帕納斯潦草一角，在他生前最憎恨的繼父之家族合墓中，我們唯一能夠幫他的是在其碑前獻上能喚醒他的瘋狂詩稿，以及一張張地鐵車票，以供他逃離。「你想要去哪裡？」「哪裡？哪裡都可以！只要不是此地！」我願意陪你在巴黎的地下之網絡帶醉奔馳，換乘一列列駛向深淵和烈火的地車，駛進又出來，看上下車的美人們，肩上仍蹲伏一個憂鬱的怪獸，而又固執地認為自己的

美，乃是雨水淋漓的夜巴黎之主宰。

比波特萊爾更低調的是莒哈絲（Marguerite Duras），在沙特與西蒙．波娃合葬墓旁邊一個小而舊的所在，此墓不過短短十餘年卻長滿了青苔，彷彿自十五世紀便存在，也難怪，這是一個十四歲便宣稱自己老了的女子。第二次去拜訪時，小雪欲停還落，舊墓上一層新雪，如南印度洋上那艘無著的小郵輪，它的起航與泊碇都無人注意，卻證明了時光的虛妄。

在我離開巴黎前一個晚上，我在瑪黑區一家二手書店僅花兩歐元買到了你晚年的一本小詩集，應該說是你朋友Bamberger的攝影集，你配的詩。攝影的皆是平常事物：遠處的船，窗口的光，陌生的男子……而你的詩句是我不認識的法語。頓時，爲這些平常的影像蒙上了一層神祕，原來語言除了解釋圖像，曲解圖像，還能有此魅力，令一本小書以及它攜帶的鬼魂都撲朔迷離。

拉雪茲公墓本是鬼魂最擁擠的一處好所在——它的優美，甚至可以用來寫一個好的故事。但那個禮拜日突然淒風苦雨，我弄丟了墓園的地址，只好隨意閒逛，還好只是錯過了巴黎公社碑與蕭邦墓。

最容易發現的當然是著名的六十年代搖滾鬼Jim Morrison，因爲泥濕地上所有腳步都向他流去，又從他流走。但他竟成了最悲慘的鬼魂，巴黎所有的墳墓，惟獨他的被重重鐵欄深鎖，這便是盛名所累了，聽說鄰居幾個不堪吵嚷樂迷騷擾的十九世紀老鬼，已經提出抗議，要把Jim移出拉雪茲。這可憐的Jim，就像他晚年酗酒生涯時肥胖，忘記了自己還曾唱過一首流星雁影般的〈暴雨中騎行〉，最後成了唱片工業的祭旗品，至今他們仍出賣著他來經營他們的六十年代幻象，換取二〇〇〇年代最實際的金錢。雷聲又隱隱，這沉重的飽吸了酒水的鬼魂，能否流動到不遠處的Jazz女Piéf身邊，聽她唱唱歲月的泡沫？

Jazz女Piéf此刻卻出門了，去了墓地另一面，造訪巴爾札克、奈瓦爾和普魯斯特。巴爾札克喝了幾萬杯咖啡，杜門謝客，仍在寫作鬼魂世界中最多生人的小說；奈瓦爾去了蒙馬特的霧街，在他的「霧宅」重寫霧月革命的詩篇。只有普魯斯特永遠有空，因爲他的故事早已絮絮叨叨講完，現在他可以放心地吃著瑪蒂爾小蛋糕而不怕他爸爸的鬼魂出來麻煩他了。在攝影術尚未如現在氾濫的年代，每個人都像普魯斯特那樣有一個小蛋糕一樣的「靈媒」，或者是一個舊粉盒，或者一張過期的船票，又或者就是一本《追憶似水年華》，只要一拿出就能喚回過去。

只是從攝影家拉蒂格開始，照相機成了最完美的靈媒。也是一個無所事事的貴族少年，有點幽默、有點憂愁，流連光景惜朱顏，記錄著海濱的困倦、螺旋槳飛機的升空、最無邪的笑。世界在他的攝影中永遠如一孩童，他自己也永遠是這麼一個孩童。世界現身，世界本眞如初，惜我們已不得觸摸。拉蒂格、Piéf，他們會是普魯斯特的最佳遊伴。他們的殘酷在於對二十世紀的殘酷避而不談，最無邪的影像也許最有情，最有情，所以痛。

一些鬼魂好像永遠失蹤了，比如攝影家曼·雷，兩次去蒙帕納斯的尋訪都不見，他發明了超現實主義攝影最好玩的小伎倆：暗房中途曝光法。被暗房突然「意外」闖進的一道光施過魔法的影像，明和暗失去了秩序，陰影像著了火，迅速燒去了現實。可以相信曼·雷亦能借此隱身。羅蘭·巴特也不知所終，儘管我來巴黎之前抄下了他晚年「尋芳日記」中所有地址，想編一本羅蘭·巴特的夜地圖。但我在那些街角碰見的那些憂怨、沉醉的美男子，充其量只是巴特的情人，沉醉復沉默，明室中一晃。

但我最意外的一個鬼魂卻不經意遇上了。多麼超現實，首先能在十九區的紛亂市井中變出來一個吉普賽馬戲團就是幾乎不可能的，而這個小馬戲團竟然在它遞給我的小明信片上變出了你，尚．惹內（Jean Genet）！——「這是惹內混過的團」。你於是出現，在拋火棒小夥子失敗時的一笑中，在吉普賽媽媽熱烈歌唱時突然的沉默間，還有那半熟少女高懸鋼索時一剎那恐懼的眼神中。你瘋狂得傷痕累累，悲傷得放浪自流。但你拒絕紀念，我那天拍的照片竟顯影不出來一張。對於最任性最自傲的鬼魂，幽靈的法則是無效的。在攝影停止的地方，文字才如手風琴放開，從容吟唱。

若能撿拾，我滿懷的光影應該能留住什麼。但若我也是巴黎偶然的鬼魂一個，我並不希望留住什麼。「在巴黎，論攝影毫無意義。」鬼魂們對我說，我們相視會心一笑。

二〇〇五年

我睡著了，窗外不知是光是霧，永遠昏黃朦朧。

這是一個好的開始，我和陰沉的天空只隔了一層薄瓦，

夢中能與火車站的鴿子穿破穹頂齊遁。

l'Aqueduc街十三號閣樓

一個舊睡袋與薄玻璃窗上的霧氣，把我帶回五年前巴黎的冬天。二〇〇四年，我正是帶著這個舊睡袋在巴黎的一個小閣樓過冬。「一進入那寒冷的房間，只稍微歎了口氣，我感到深沉的疲憊襲來。」剛剛讀到森山大道的《犬的記憶・終章》，他這樣回憶他的巴黎生涯，與我在巴黎的第一天酷似，唯一不同的是他的房間在四樓，我的在六樓。

五年前我從巴黎回到北京，爲我的書《巴黎無題劇照》尋找靈感，而重讀里爾克《布里格隨筆》，也同樣讀到這樣的場景，「我坐在我的這個小室裡，我，布里格，二十八歲了，什麼人也不認識我。我坐在這裡，微不足道。但是，這個微不足道者開始思考著，思考著，在巴黎一個灰色的下午，六層樓上……」

這寫的幾乎就是我，而不是詩人里爾克，更不是他虛構的布里格。在我二十八歲

的最後一個月，我來到巴黎，身上只有五百多歐元，爲了節約，我住在火車北站附近一條街的老宅子的頂樓，恰恰是六樓，一個閣樓。這是我住過最小的房間，我懷疑它是閣樓的閣樓，因爲正式的閣樓有老虎窗，它只有斜屋頂上的斜玻璃窗，向上用力推開一冬天的凜冽寒氣。

在沉重的蒸汽時代風格建築巴黎北站，鴿子向大拱頂飛起，兩個中國女孩圍著煤氣暖爐烤手，她們陪我等到了一個瘦高的中國男孩，這個男孩把他的閣樓轉租給我。我們四人呵著白氣登上這閣樓，發現幾乎沒法同時擠進去。斜屋頂下一張床墊，牆上一個活頁折疊桌，不協調的是地上一部小電視和床尾巴一個現代的一體化淋浴間，否則就和十九世紀一個外省藝術青年來到巴黎所享受無異。

送走三人，玻璃窗已經在人的體溫裡變得模糊，小水珠凝固、慢慢淌下來。從窗子看出去，儼然還是十九世紀的屋頂連著屋頂，煙囪連著煙囪，剎那間眞有窮藝術家憑窗欲飛之感。我在日記本上寫：「爲了這，也値得吃苦了。」日記的字跡歪倒模糊，我睡著了，窗外不知是光是霧，永遠昏黃朦朧。這是一個好的開始，我和陰沉的天空只隔了一層薄瓦，夢中能與火車站的鴿子穿破穹頂齊遁。

l'Aqueduc 街十三號閣樓

理應是高處不勝寒，我照舊
喝我用自來水拌的咖啡。
煙囪像群鴿包圍我，但常常
鴿子振翼，在我的玻璃心。

窗子四點鐘方向，北站上空的眾神
仍是背身，整個六樓，整個十三號老宅，
不，整個巴黎只得我一人，
從蒙帕納斯墓園帶回滿屋鬼魂。

其中一個我不認識，皮埃羅的眼
淚水混雜銅鏽、鳥糞。他夸夸其談：
他也曾經在這小閣樓忍耐過寒冷，
偷嘗過藝術、虛榮和愛情。

他還暗暗撩起了上衣給我看：
「我也有一顆玻璃心，都是鴿子的聲音刮傷。」
這蠟燭一吹即滅，我得關上窗。
我當然不是這傷感的高盧人。

在巴黎，我一個人住，總想起
「天上有星，海上有海浪」這首歌，
還有古人道：「過處便有情。」在海浪的海浪上
我睡著笑，知道我是一顆星。

這是三天後，我從蒙帕納斯墓園回來第二天早上寫的詩，天久久不亮，沒有暖氣的閣樓冷極，裹在睡袋裡的人輾轉難眠，手錶也像被凍住了，秒針分針時針都慢慢地停了下來……起來洗澡，小屋便成大霧，霧中人還沖了一杯馬鈴薯濃湯。不禁就想起了北京。

許多天後從巴黎飛回北京，託運的背包裡獨獨丟了一個電子相冊，用數位相機拍攝的照片幾乎都儲存在那裡，那虛擬時代的記憶工具是多麼虛妄不堪。關於

l'Aqueduc街十三號閣樓的影像記錄只剩下我另一個老相機裡的一張黑白底片和數位相機裡兩段短短的錄影。讓我把那張黑白底片放大再放大吧，在薄玻璃窗的倒影中，發光的是書桌上那疊稿紙，稿紙上躺著一枝筆。一切還沒有寫下，一切已經寫完。我記得，當我寫到「鴿子」二字，窗外就突然聽到鴿子的拍翅聲，玻璃上水氣一擦就流下眼淚來。

那一年冬天，搬離l'Aqueduc街十三號閣樓後，我在巴黎流徙過好幾個住處。白天總是遊蕩在墓園、書店和跳蚤市場，墓園深寒，我會去教堂裡避雨、避那場極細極細的雪；在一個大風天，和同樣來自香港的浪遊人Lo一起在先賢祠避風，風起雲湧之際，遠遠處見到艾菲爾鐵塔孤獨地閃光、熄滅、閃光、熄滅……我們走走停停回到塞納河右岸，找了一間咖啡店坐下，就著暖氣燈，她說起她在尋找的一個叫作「凌雲」的人，那已經是另一個故事了。

拉卜楞聲色斷片

我為這聲音的水流所醉，在彷如星系的自轉和公轉中入夢，

在轉過每百米一個的大經筒時，它會撥響頂上銅鈴，

那一下，魂飛魄蕩……

拉卜楞

拉卜楞寺，甘肅南部藏傳佛教格魯派大寺。我們卻來此地，記錄聲色。

雪

一下車，突如其來的大風雪就幾乎把我撲倒在拉卜楞，它們和我同時來到此地，這無數隻拳頭大的小白獅子，嘶叫著擊向我，像要棒喝我給我頓悟，卻更像是在跟我遊戲。

住下幾天才知道，原來日日雪，即使已經是初春。凌晨的那場小雪只是為了在微

暗中把山的輪廓勾勒出來而下，天剛亮便有風在這薄薄的一層白上運筆，把白雪、藍影和青山析分出層次來，像我這樣早醒的人，便能推窗看這疏朗如王維《雪麓早行圖》般山水。

午間雪乍落還停，爲寺廟四周匆匆展開的浮世作一些有情的點綴，那些粗糙的牧民的臉便有了天眞的笑。黃昏的雪才是重頭戲，蜂擁亂舞乃至排山倒海，讓人喘不過氣來，這時還在雪中趕路的只有虔誠的朝聖者，即使是我等凡人，也因爲雪的灌頂，而從無著的遊魂，變成了稍稍知「道」的法丐，The Dharma Bums。

轉經

轉經是一件令人迷醉的事，尤其是你經過長途跋涉，又被驟變的天氣沖暈。先我一個月來拉卜楞的友人，像要替拉卜楞給我一個下馬威，把剛到的我拉去轉經。這無盡經筒，周長號稱是西北藏寺第一，繞拉卜楞日夜咿呀流動、欲凝又流，已近三百年。經筒右旋，風雪卻逆而向左，爲的是把經筒呢喃的六字眞言盡全力激揚到遠方去。

風雪不管我，只顧在我耳邊作獅子吼。我也學老藏民低頭蒙面，右手著力撥動一個個銅鑄的文字、筒裡抄得密密麻麻的絲結的文字、身後老媽媽念詠的百年冰水所釀的文字、文字、文字、文字……我竟忘我是一個編織文字之人，彷彿我的文字都是幻相，猶像喇嘛們在地上用沙畫的壇城，風起即散（以顯幻相爲無），混爲轉經之聲。我便爲這聲音的水流所醉，在彷如星系的自轉和公轉中入夢，在轉過每百米一個的大經筒時，它會撥響頂上銅鈴，那一下，魂飛魄蕩……

銀河嘩嘩水流中，亞里斯多德所謂的行星和鳴也不外如是。

夏河

未有拉卜楞，先有夏河，寺依河而建。夏河藏名「桑曲」，在初夏的河谷，桑林間的謠曲，我望文生義，卻知道了此河必與音樂有關。友人來拉卜楞寺，原爲學習藏傳佛教密宗下續部「喉音」，即念經時低沉綿長而波動的泛音，低沉綿長、波動而泛，正是夏河流水之態，所以夏河就是最好的音樂老師。友人每日趁午後陽光透澈的時候來到河邊，聽音，練聲。他選擇的是下游，水渾厚、雜糅，人聲極易被淹沒，被夾帶著流出甘南的水域，消失遠山中。

中游之水則清越、豔麗，寺中樂僧，吹長號、法螺者多來此練習，競逐其嘹亮。我看見長號手先把近丈長的法號斜浸水中，讓它熟悉水性，然後努力在水中把它吹響，其聲逆水而動，慢慢升起長號於水面，此時法螺加入合奏，彷彿春雷陣陣。那天是我離開拉卜楞的前一天，雪已融，豔陽天。

至於上游，此時還在西北，敲彈雪山送下的片片浮冰。

橋

夏河縣分橋北橋南，北爲寺，南爲俗，橋乃成了分界。如此一橋，應該是像西方歎息橋一樣，過之便離開世俗癡嗔、萬般惱煩才對，然而不，此橋我覺得是夏河最有情之所在：早上賣「鍋盔」（藏式大麵包）的三個老婆婆、默默看一上午流水的蒙面少婦、日落仍不想返寺的兩個小喇嘛……他們都站定了不動，而橋上是出入車輛、紅塵相逐。

橋是供人凝望、流連和追悔的驛所。張擇端之橋、廢名之橋皆如是。我過橋，也像廢名小說裡的懵懂小子，只一回首，便不知道自己該向橋的那一邊去了。「一夢繁華覺，打馬入紅塵」，不入紅塵何以度眾生？我且向南，雖然大道朝北。

大經堂

那是在大經堂的一角，東側門透進來的微光令我看到這個紅衣小沙彌，他靠在柱子上，這柱子是大經堂一百四十根明柱之一，這沙彌，是拉卜楞三千僧人之一。大經堂能容三千僧人同時讀經，那天，起碼來了一半。除卻這小沙彌，所有的喇嘛都作窮經皓首狀，或自作夢語，或憑空辯日，喃喃焉，暈暈焉，其中有似得大道者，索性一覺睡去。

我愛那小沙彌，只有十歲的樣子，僅屬「驅烏沙彌」，他卻不去廣場上驅逐烏鴉玩，而在此靜立，雙眼低垂，臉上是心醉神迷的表情，那一道微光，彷彿專門爲他而至。

大經堂是三百年前嘉木樣一世活佛所建。嘉木樣一世是格魯派大師，最能看破虛空之人，臨終時竟叮囑再不轉生，有此決絕之心的活佛恐怕只有他吧？若想像他未悟道時，定是這小沙彌的模樣，覺有情，也許更勇敢。

欲醉瓶

「欲醉瓶」是我在拉卜楞看到最美的詞。想要把自己喝醉的瓶子；想要借此瓶中物以一醉；讓人暈暈欲醉的瓶子。三個解釋，似乎都成立。

而眞正的解釋是「讓欲望於其中迷醉的瓶子」，藏語裡乳房的稱謂。藏族以乳房圓渾微垂、乳頭上翹爲美，恰像一個灌滿了美酒的陶瓶。在拉卜楞橋頭觀望，常見豐腴的藏族少女和婦人，她們的酒瓶，爲多少長辮垂肩的東藏男子所欲醉。

我看見這個美麗的詞是在《藏漢大辭典》上，鄰近的一頁上還有一個美麗的詞條：「四欲」——「互擁欲、執手欲、含笑欲、凝視欲」，欲望都如此癡情無邪，破戒也是可以爲我佛原諒的吧？

曼陀鈴

拉卜楞是愛樂之寺，最流行的樂器不是法螺「東戈爾」，也不是小號「剛頓」和阿里琴，而是舶來物曼陀鈴。我認識的好幾個喇嘛都有很漂亮的曼陀鈴，他們自彈自唱，有的還出版過自己的專輯唱片。那天午後訪友人的小師傅金巴喇嘛，說著貢唐倉大師的音樂，金巴順手拿起曼陀鈴彈唱。琴聲揚灑連綿，吟唱中帶著感激和快樂。和絃轉換之際，曲子頓挫之際，金巴含笑凝看我們，神氣動人，彷彿來自天邊外、白雲上的一顧。

我不懂藏語，但想像他唱的就是六世達賴倉央嘉措的情歌：

在那東山頂上，
升起了皎潔的月亮。
嬌娘的臉蛋，
浮現在我心上。

聲音

未到拉卜楞之前，我不知道西北蒼涼地也有許多聲音。後來我聽見了。

先是雪落肩上的聲音，「拂了一身還滿」，那是後主詞中砌下落梅的聲音；雪中能辨的是棲鳥寒暄的悉悉，牠們的巢，結在寺頂金色的命命鳥（命命鳥，就是共命鳥，佛教傳說中的一種鳥，兩頭一體，一榮俱榮，一死皆死）像下；寺頂常有細碎的鈴，漸夜漸清晰，鈴聲纏繞著高高經幡，而經幡颯颯、獵獵；綳緊那風馬旗之柱的粗鐵線則在中午的陽光中嗡鳴，小喇嘛過來觸摸、聆聽；俄頃大經堂簷下橫幡捲動，波浪狀，便有寂寞的遠海之聲……也許是青海湖的細浪……

常聽見鈸聲嚓嚓，由小而大，鐵馬冰河般簇擁而來，羈魂未安，便又有法號緊迫，森嚴怒喝，讓我尋找了幾天，終於從一大院的門縫中看見：這一群小喇嘛在認眞地卯足了勁對付比他們身體大一倍的樂器。比這更可愛的是，在浩漫神祕的集體誦經聲裡，還常能聽到幾個才五、六歲的剛「入學」小喇嘛，道字不清，但也起勁地跟著師兄們的節奏「啊，啊，啊，啊，啊」的叫。

友人來拉卜楞記錄「聲音」，他認眞地錄，我在旁邊攝影，漸漸相對無言。

仁波切

離開前幾天，我們在借住的藏族民居裡，看了十七世噶瑪巴活佛的紀錄片。十七世噶瑪巴翩翩一少年，上個世紀末「千里雪夜走單騎」出走印度，爲了取回前生失落的法器。殘舊的錄影未能遮掩少年法王熠熠靈光，教人愛慕。而他身邊幾個弟子，仁波切，都是天眞可愛之人，他們令我們感動，是因爲他們的人格，而非神格。仁波切，意即「人中之寶」。

別後我們有詩相贈，我說：

我們都是仁波切，人中之寶。
夜行路上我突然高呼你的名字，
不知是否有人回頭。

他回答道：

我們只是坐著，走著
就看見仁波切低吼一聲
抹去了昨夜的雪。

二〇〇五年
香港中文文學獎散文組亞軍

注：文中友人爲詩人顏峻

愛丁堡，一場沒有結局的戲劇

古城的真實世界掩映在雨霧中，

神祕並且在另一種快樂中延宕著。

這些快樂，是因為戲劇日日演出，

沒有結局，也不需要。

愛丁堡的雨和陽光都來得急速、準確，可稱之爲「捕快」，就如福爾摩斯偵探小說裡，傳說中的蘇格蘭場的黑風衣騎警，日夜馳巡於那些古老但還沒有發出霉味的街道（愛丁堡的芭蕾花也連夜換妝，盜取雨的私情）。

雨周圍卻是馬戲、人爲末日。岩石般的雨拚命洗，也洗不去朱門血味：被絞死的瑪麗女王、海盜、銀行……讓今日龐克（Punk）享樂「藝術」的獻媚。

於是在雨和陽光的間奏之中，那些馬戲團的小丑們、悲喜劇的英雄們、雕像扮演者們、懂得十八種樂器的演奏方法的流浪歌手們……紛紛登場，他們也急速、準確，見縫插針地在每一塊方磚和門洞間表演他們的藝術。當然，因爲時間有限，他們演出的多是藝術的高潮部分，沒有原因、沒有發展，也沒有結局，只有G弦上的華彩solo、雕像凝固的片刻、悲劇的命運轉捩點、小丑哭鼻子之時……這些極端的

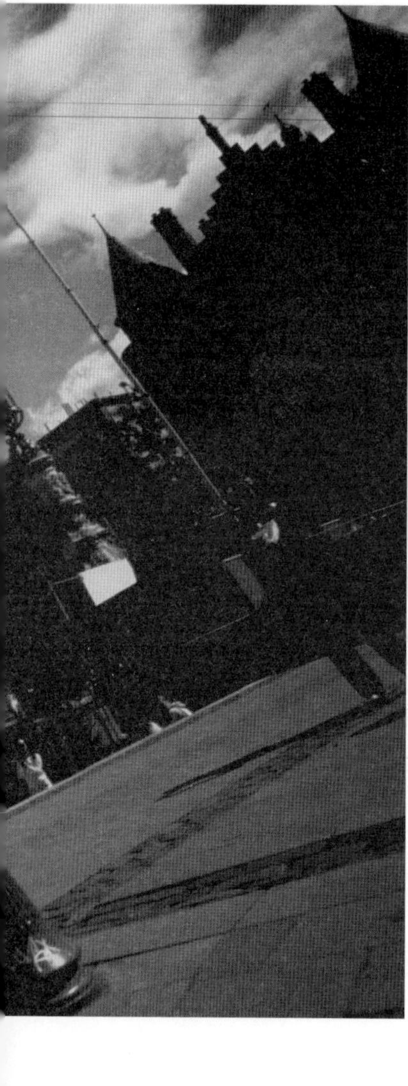

決定性瞬間，他們自己定格下來。

而居民、遊人卻不買這一套，他們的戲劇性是反高潮，他們的敘事是無敘事、意識流，結果他們的演出更前衛和實驗，在我的照相機的刻意誤讀中。

我故意在陽光燦爛的日常生活中尋找那些藝術家們走神的刹那——其實就是他們作爲一個凡人入神的刹那。同時我也在雨水伶仃的自然戲劇中尋找，古城的眞實世界掩映在雨霧中，神祕並且在另一種快樂中延宕著。這些快樂，是因爲戲劇日日演出，沒有結局，也不需要。只要舞、舞、舞吧，捕快躲在鏡頭後面迷醉著，他喝多了健力士黑啤，他就是我。

另一地雨更凶猛了，另一地的憤怒，卻已把目的忘記。我聞之颯颯，舊修院旁夜夜，把雨比之刀斧、我曾受弑的過去。

DINBVRG

達摩山下，寫給達摩流浪者們

那麼這個世界就變成今夜的達摩山，

積雪如明月，遼闊如星空。

每一顆星子都能在松針上的露珠上找到自己的投影，

每一個路上人都能找到自己的旅伴。

一

第一個是你，水遁的撚火人，翻身蹈浪者。未知你曾否潛行過此？我在這裡第一次渴飲轉山路上清淨雪，而你已經暢飲百次，自誇可比青稞酒之美；我在這裡涉水，金沙江，而你已經領瀾滄入湄公。雪走到了山下，其宗橋旁開桃花，屬於你的，山、浪花、明暗月。

這裡是雲南一個不起眼的角落，在維西和香格里拉的交界，這座山，僅僅以傳說中那是達摩來到中土第一個修行地而稍有名氣。當然，我和妻子來到這裡不是因爲達摩，而是因爲山下面一間藏族孤兒小學，小學裡有我們念掛的一群孩子，我們來到這裡，和他們一起生活了一些日子。

今天是其中一個清晨，依舊有大朵的雲，雲間大片的鈷藍的天，天上，達摩山的

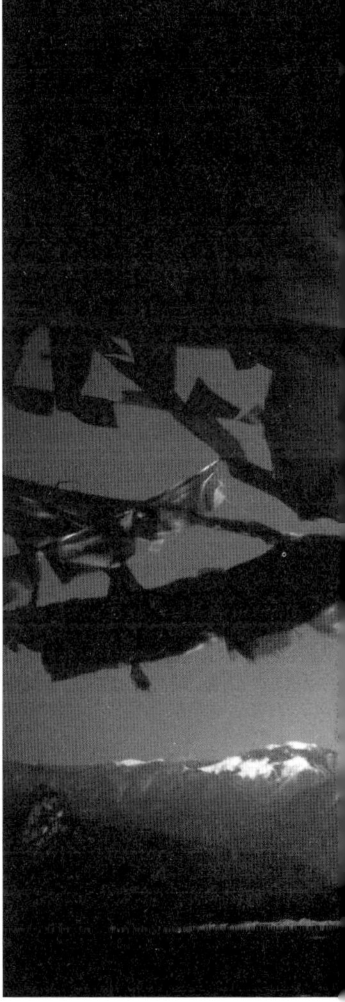

稜角。今天是藏曆新年節慶的最後一天，恰又是漢人的元宵節，我們決定登達摩山。

馬兒在山谷的薄霧中呼著熱氣。我們在馬背上，晃晃悠悠地上著山，海拔比較高，近四千米。過第一道彎，低頭便見舒緩而出的金沙江，在晨光中如巨緞鋪開，反光如像給我們贈送億顆細鑽，它剛剛來到平原，馬上就要洶湧——

在馬上，我想起你。四年前，你也是來雲南幫助一間山區小學，在那裡當了一年多的義務教師。兩年前，你意外墜落瀾滄江，至今不返。瀾滄江，金沙江，最終都匯入更南方的湄公河……我們開玩笑，你現在湄公河，和你喜愛的一頭大象靜靜沐浴呢。

香象涉江。從這清麗婉揚的意象中猛醒過來，回望剛走過的其宗橋，桃花一樹，灼灼其華，然而在彼岸。

花了三個小時上得山頂，轉山的路就要交給我們的腳了。在藏曆年轉山對於藏人是莫大的福分，我們知道，更知道你在初到雲南後一年，轉過無數次山——而且多是替別人轉，我們在另一個朋友拍攝的一段短短的錄影裡看到你們低頭疾走，嘴裡大口喘著氣，幾乎不說一句話。但是搖晃的鏡頭指向前方，前方是一個光的洞口，明明滅滅之間，既像水草糾纏的冰面破洞，又像那虛無地幸福著的烏有鄉……

我們在積雪未化、堅冰覆蓋的羊腸道艱難前行，心裡不斷念叨包括你的每一個朋友的名字，祈求他們的福祉。我們不能提起自己，這是藏族傳說中最令我佩服的一條約規：轉山和朝聖路上，你只能爲別人祈福，不得懷有私心。

我知道你也曾在此崎嶇中念及我們的名字。以此深山雪的潔淨爲證。

二

第二個是你，貢秋丹增強丘，曾經帶海進城。如今出城去，剪紅衣爲僧裙。我們也曾一起深夜大笑下山、笑煤車狂燈，在太行，不知爲誰而忙。正如那冬天的枯澗送亂石無名，達摩山下，花也無名。當你突然問起「餵馬，劈柴，周遊世界」，我願回答：「森吉梅朵，塵世中應當的幸福。」

鼓勵我們今天轉山的，是留在山下的人。貢秋丹增強丘，在你還叫做李兵的時候，你曾經十數天風餐露宿，一個女子，帶著一個挑伕，完成了最艱險的梅里雪山的大轉山。然後，你就寫了一本《人如遼闊高原上的一隻蟲》，你就出了家成了藏寺裡的一名比丘尼，然後你用義賣這本書的錢作爲最初基金，一點點地建立起這座金沙江畔的藏族孤兒學校——森吉梅朵學校。

都是緣。我和你也曾經有過一山的緣，那是六年前的太行山，歲暮，殘冬，河北阜平的一個老舊的溫泉賓館。偌大的溫泉賓館只有我們三人，晚上我一個人泡在空蕩蕩的男池，頭上是火般燎燒著的大星！「群星磊落，起伏躍湧，我的手指很快失去了方向，遊移著，像一樹風中的白樺，指揮著荒涼的一曲Satie。在手的下方，一條長河幾近斷流，冰和水參差著，緩緩生變著季節的調性、旋律。」那年我給你的詩裡如此記述。

白天，我們沿著冰凍了的山澗前行，「踏枯草登山，踏冰涉河，漫無方向，時時把別人弄丟，但轉頭又見自己迎面走來。至暮色瀰漫如水聲，我們又借運煤卡車的燈光走長長的盤山公路回家，一路暗想我們是《達摩流浪者》中的凱魯亞克」。

轉眼就到了今天，我們成了彼此詩中「三兩個走到了世界盡頭的朋友」還是「一隻躍入我們視野的灰兔」？當我和妻追趕著夕陽的餘光急步下山，我的手機突然收到你的短訊息：「你記得『我願面朝大海，春暖花開』的後一句嗎？」我當然記得，那是海子，那是「餵馬，劈柴，周遊世界」。

三

第三個是你們，森吉梅朵學校的童子們：多吉甲、康卓草、扎西東珠、才讓卓瑪……我走過的路你們也走過：甘南、青海、香格里拉……你們也攀石上山，見過老喇嘛羅平和他的猴子，牠有吉祥的名字：喜喜。如今這名字也屬於你們——因爲牠在空中跳躍、放大霹靂，我們才有這人間的焰火；因爲牠被捆於懸崖，我們才能在火中接過金箍棒。

我們急著下山，不是因爲害怕黑夜，而是爲了踐約。森吉梅朵學校今天晚上組織了慶祝開學和元宵的篝火晚會，老師們還從遠遠的縣城裡買回來了焰火。多吉甲、次仁曲措、康卓草、桑吉卓瑪、扎西東珠、才讓卓瑪……你們今晚將有一個多麼難忘的記憶！這是獻給達摩流浪者的幸福酬勞，你們和我們、和你們的老師一樣，也是達摩流浪者，小小的年紀走過那麼遠的路，你們的家遠在雲南之西、之北，老師從那裡把你們帶回來。

我帶著一山的塵土和舊雪回到森吉梅朵學校，看了大焰火、看了「鍋莊」舞，便疲憊全無。你們纏著我講山上的事，於是我就想起山頂上我們遇見的獨居老喇嘛羅平和他的猴子喜喜，「我也見過！我也見過！」你們搶著說。

你們的偶像，都是猴子王孫悟空，這我知道。但是爲什麼老喇嘛羅平的猴子叫喜喜？爲什麼喜喜被細鏈子綁在高山寺旁的平台上？爲什麼老喇嘛羅平會見面就問我們：「早上五點你們看到月全食了嗎？」

這些問題，我想你們要很多年以後才能明白答案。今晚，你們只需盡情放那十二響的「轟天炮」、在手上開銀色花的焰火。

四

一座山就是一千個奇蹟，且不問山頂的足印誰鑿，那面影是否是我黑夜裡洗鏡，用這滿山月光。「山上，馬腹滾熱起伏，松針露。」吟這俳句的人用松針縫補百衲心，而山即是心。拾得和寒山子既可以是凱魯亞克和施耐德，也可以是妻和我。我們追雪下山，心中水流婉約，縱使腳下世界嶙峋、洶湧如昨。

下山後，看回當年讀凱魯亞克《達摩流浪者》筆記，裡面記錄了流浪者賈菲談論寒山的話：「他過的是一種孤獨、純粹和忠於自己的生活。」而另一個流浪者雷蒙談到賈菲時說：「他愛好的是潛行於曠野中聆聽曠野的呼喚，在星星中尋找狂喜，以揭發我們這個面目模糊、毫無驚奇、暴飲暴食的文明不足爲外人道的起源。」雷蒙和賈菲，其實就是作家凱魯亞克和施耐德。

最初雷蒙相信「所有生命皆苦」，堅信「世界上除了心以外，一無所有」，但賈菲向雷蒙解釋中國禪師爲什麼把弟子扔到泥裡：「他們只是想讓弟子明白，泥巴比語言更眞實罷了。」在一次攀山的危險之後，賈菲又啓示他說：「只有痛苦或愛或危險可以讓他們重新感到這個世界的眞實。」他們一味求空，卻是實（他們在大地上的漫遊）把他們對空的思考完成。

賈菲說：「想想看，如果整個世界到處都是背著背包的流浪漢，都是拒絕爲消費而活的達摩流浪者的話，那會是什麼樣的光景？」

那麼這個世界就變成今夜的達摩山，積雪如明月，遼闊如星空。每一顆星子都能在松針上的露珠上找到自己的投影，每一個路上人都能找到自己的旅伴，互相告訴對方，腳下有路，路通往每一個方向。

願天下行者也知道這一切，一如達摩和羅平示我：昨夜月全蝕，星依舊耿耿。

二〇〇七年

台灣第三十屆時報文學獎散文組首獎

越南，隱祕與魔幻的旅程

經過年月的磨蝕，這些碎瓷的花朵更加靈氣逼人，

彷彿生命的殘骸一樣重新組成一些殘酷的字樣：

如宴席閃閃、如席上端盤的骷髏、

如孤竹、如消隱中的笑顏、輪迴中的佇列……

一

有一個時期，我非常迷戀越南導演陳英雄的電影，《青木瓜之味》、《三輪車夫》、《戀戀三季》等，那是我遠離我在粵西的家鄉十年之後。來自越南的電影竟然喚起了我早已淡忘的鄉愁：綿綿無盡的雨水、青幽的院落、僻靜的村屋、一個農家少年的寂寞……還有那些在潮濕中瘋長的植物和植物間傾頹的瓷器、瓷器一般的時光。這些易碎的意象同樣存在我的記憶中，而且僅僅是十年、二十年前的記憶，假如我現在回鄉，已經很難重遇同樣潔淨的景象，就像每一個中國的發展中城鎮，我的粵西家鄉早已陷入草莽的經濟亂潮中，變成一個毫無主體和美感的廉價工廠。

所以當我想到「回去」，我只能回到一個異鄉，比如說：越南。當我離鄉二十年後的一個秋天，我「回到」越南作了一個月的漫遊，在越南發現了八十年代的中國，其樸素、孤獨與美麗依舊。啓程的第一天，從廣州出發前往廣西的火車，夜間

恰好路過我家鄉的小站，停車兩分鐘，僅夠我跑到車門深深地呼吸了一口黑暗。這微藍的黑，彷彿也依舊屬於二十年前，一個十歲少年失眠夜的寂寞。

是的，在旅遊中我一直是個懷舊的人，比如說我會選擇火車這種兩個世紀前的交通工具。我曾經數十次坐火車在中國大陸做縱斷、橫貫式的漫遊，也曾拿著環島車票走遍了台灣的每個車站，在阿里山和北歐都坐過古老的登山小火車……原因也許是我少年時耽讀的一本漫畫《銀河鐵道999》，松本零士的過時理想主義者的悲壯氣色，通過一列蒸汽火車傳染到我身上，至今不褪。這次在越南的「環國」旅程我和妻子仍然選擇火車，從河內向南到Hué到胡志明市，再往回深入Đà Lạt（也是爲了那裡的一段小火車），然後往北到峴港再上火車，只爲重走峴港經海雲關再到Hué那一段極爲壯美的蜿蜒在海邊懸崖上的鐵路。

越南的對稱結構就由鐵路兩頭搭成：河內市和胡志明市是眾所周知的越南的兩個中心，前者是越南的首都、政治中心，後者是以前殖民地的中心，以「西貢」之名建構著西方人的文化想像、貿易想像。兩者也因此呈現不同的美感，河內是一種帶有理想主義潔癖的政治海報美學的體現，但它又超越前蘇聯和中國式的刻板，洋溢著熱帶文化的單純與自由；西貢除了是莒哈絲《情人》裡的靡靡之所、頹廢馥鬱之河岸，也是湄公河三角洲繁富與幽祕之始，以及陳英雄電影裡慘綠青春的放縱與夭折之地。

但我更喜歡的是另一對雙城：Huế（順化）和Đà Lạt（大叻）。它們都屬於更古老的越南，一個是三朝古都，一個是法國色彩濃厚的山城、末代皇帝行宮所在。前者在幾十年之間幾乎淪爲廢墟，後者在遺忘中生長出各種魔幻的形態，相同之處仍是寂寞二字，這瀰漫在空氣中無孔不入的寂寞，是我從小對深宮、仙境的全部想像之所歸。當我來到這兩個城市，我彷彿被二十年前那個神祕的少年所引領，而且因爲他安靜的氣質而慚愧、而三緘我口——我就是這個少年，遠離我冥想中的世界已經許久。

二

我不願意寫Huế的中文名字：順化，因爲那完全是以中國皇朝爲中心「賞賜」給屬國的帶有侮辱性的辭彙，以示「化外之民」對國朝的歸順。Huế是越南自己的發音，可以音譯爲「惠」，而同音字Huê則有「晚香玉」的意思。如果把它叫做晚香玉城，也非常貼切，環繞它的河叫作「香河」，城中心的皇城猶如老舊的一塊玉器，在昏暗的傍晚，無人知道它沉睡在重重陰影中的花紋和微光。

走進香河北岸的Huế皇城，姜夔的〈揚州慢〉油然湧至我心，二〇〇七年秋天的越南皇城廢墟就像南宋淳熙丙申至日的淮揚，雖無夜雪初霽，卻是薺麥彌望，昔日的禁城周圍許多已變農田，護城河裡齊腰深的葦草，隱約間有人出沒刈割。一八〇二年到一九四五年間這裡都是越南的首都，前後經歷了阮朝的十三代皇帝，這裡也試過「胡馬窺江」，那是越戰期間，美軍戰機輪番轟炸此地，縱有歷史學家、人類學家爲之求情亦難以倖免。從此皇城只餘廢池喬木，在一年一年的陽光雨水中青草自綠。

「杜郎俊賞，算而今、重到須驚。」阮朝的皇帝不是杜牧或者姜夔，驚也只驚無人的歷史仍然無情地在這小天地裡延續。皇城的宮門低矮、宮牆灰暗、細節含混——相對北京故宮而言，這裡只是一個十分一比例的故宮。但我很快發現這樣比較的愚蠢，這是兩種不同的文化，甚至兩種不同的世界觀。越南皇朝固然無力奢侈，卻也順勢建立了一種小國的美學，樸素、從容、低調、清麗。在舊宮室的簷上寫有御製詩十餘首，如：

「河遙湖乃近，非愛亦何瞋，始獲而終放，驗之則是仁。」

「未蒙甘餌食，已覺瘁須鱗，安土重遷念，恐渠弗作仁。」

姑莫論其中仁愛是否眞誠，但這些詩裡面沒有中國古代腐儒們常常吹捧的「帝王氣象」那是肯定的，有的僅是一個垂釣者代入水底游魚的冥想，一個鄉間寓言家的親切。越南古代帝王中寫詩最多的是嗣德皇，我猜這些詩很可能是他所寫，第二天我有去他的陵墓——據說當他修好自己的陵園以後索性搬到那裡居住，不理政事天天寫詩——那裡的池水幽深，多有巨大黑魚游弋其中，也許仍是當年的皇帝始獲而終放的那些魚兒。

有一種奇怪的裝飾遍布這些皇宮和陵墓，所有的簷飾和牆上浮雕都由青瓷器的碎片鑲砌而成，光怪陸離之餘又古樸稚拙，一個看慣金碧輝煌的華人遊客來到這裡肯定會笑話：「這是個皇宮？連我們的地主莊園都要比這豪華得多！」就讓這些暴發戶笑話去吧，小國寡民的平和快樂，大國民們永遠享受不了。經過年月的磨蝕，這些碎瓷的花朵更加靈氣逼人，原本的圖案被瓦解了，剩下的彷彿生命的殘骸一樣重新組成一些殘酷的字樣：如宴席閃閃、如席上端盤的骷髏、如孤竹、如消隱中的笑

顏、輪迴中的佇列……

天清增日輝，雲擁吐峰奇，夕望姮娥照，時思少女吹。

仍是這個冥想中的皇帝的詩句。清亮的光線仍然流拂過雜草深深的宮闈，雲影也仍然環繞青青世界。少女的笑聲在護城河外，爲著踢球的少年們響起。宮中的少年不知乾坤已別、日月已長，一如陵園重圍中的守護獸，仍然掛著莫測的微笑呢。「我日夜夢見的／我的深宮，盡沒在兩千年雨季濁水裡／烏魚編織了億條荇藻。」這是我想像的他的詩。

假如他還在，他會讀到我爲他寫的詩：

你是你的奈何橋，
我是我的歎息湖。

落葉終於腐爛了故都，
龍走著龍步，貓游貓泳，

你含一片花瓣水底看著。
水底羅列了星斗，來自國朝
的使節寫了一篇賦就用盡了
它們的光芒。

你是你的水晶蟾，
我是我的罪己詔。

在皇宮與香河岸邊的數個龐大等同於皇宮的陵墓之間盤桓了兩天，第三天帶著廢墟一般的思想離開，坐在三輪車上看著騎腳踏車放學的女生，均手執Ao Dai（越南國服，束腰長襬，類似旗袍但素之）一角，飄然而過，與那些巨大的死亡象徵物爲鄰毫不影響她們的青春。

坐上開往胡志明市的火車，票價不菲，大約是同等里程巴士的三四倍，但卻因此看到這段被美國《國家地理》雜誌評爲「世界五十大」美麗海岸線的海雲關——峴港的海岸鐵路，這個下午密樹與山崖悚然，烏雲盤結欲雨，海浪怒潮一路拍擊，老火車在窄軌上微微傾斜，彷彿要衝進浩淼海天之間。這是一個完美的哥德小說的場景，是夜我在火車上輾轉反側、迷夢連連，午夜裡潮濕的三角洲、鐵皮震鳴在我的枕頭下、頭顱中，這是越南的窄軌、越南的古怪速度。然後我眞切夢見我寫下這些詩句：「當他落到死之蔭谷，周圍全是幽黑、冰冷和腐爛的話語，堆積如落葉，訴說著愛、怨恨、失去的一切……」鐵皮震鳴如宇宙。

三

原本準備從胡志明市折返北部的行程也全部坐南北縱斷火車，但是傳說中的另一列火車吸引了我——那是位於高原之城大叻的一列齒軌鐵路小火車。爲了乘搭這列小火車，我們必須乘坐一整天的巴士，從胡志明市往北、跋山涉水深入「印度支那」腹地。隨著海拔升高，一路上雨霧交雜，我們的巴士彷彿在水中森林穿行，大片的雲朵從身邊擦過，像海底的暗湧般奇幻，我們還不知道這僅僅是大叻奇幻的開端。

在《銀河鐵道999》漫畫裡，星際列車每停靠一個站都是一顆風格迥異的星球。在越南旅行也有點這種感覺，每個城市的風土、結構、特性都很不一樣。在雨水中抵達大叻——雨越下越大，簡直像《銀河鐵道999》裡那顆名叫「如池雨」的行星，周圍一切都泡在雨水中，那些精緻的歐式別墅被洗得嬌嫩，這裡明顯比越南其他地方富足，因爲獨特的小高原風光，它從一百年前一九〇七年開始就被殖民者建設爲度假勝地，法國人給這裡留下了別墅、林蔭大道，風光保持至今，越南的末代皇帝保大在這裡建立行宮，附庸而至的末代宮廷、官員家族也爲這裡「貢獻」不少。

大街上行人疏落，十月仍然是雨季，那些雨國的居民都到哪裡去了呢？那些別墅現在是誰的呢？越共政府中的休養大員還是經濟開放催生的新貴？我們就在車停下來的第一家旅館下榻，拉開窗簾只見對面小樓中一窗燈亮，亮光中一個女子穿著白色睡衣的側影。「埃萊娜·拉戈內爾的軀體沉甸甸的，天眞無邪，她的皮膚就像某種水果的表面一樣光滑柔嫩，而這種柔嫩很快就將會感覺不出來，只能讓你產生少許的幻覺。」莒哈絲在《情人》中這樣描寫她的室友，埃萊娜·拉戈內爾來自大叻高原，她美麗、性感但完全不自知這一切，「她身上雖然有一副像似精白麵粉的形象，可她自己卻無所感覺，這些東西將賜給玩弄它們的那雙手，賜給吸吮它們的那張嘴，而她卻不把它們記在心上，也不了解它們，更不了解它們那神奇的威力。」這說的，怎麼就像被法國人、越南皇室、日本人和現在全世界旅遊者輪番寵幸的大叻本身？

它在雨中喃喃低語，無意於自己的魅力。

第二天一早，我們就趕到春香湖一側的老火車站，雨漸小，高原馱馬在湖邊與一張廢棄沙發相對無言。老火車站著名的齒軌鐵路曾在一九二八至一九六四年間連接大叻和Thap Cham Phan Rang，在社會主義越南建設中一度被遺棄，最近幾年才又修復其中部分路段。火車站是典型的上世紀初新裝飾主義風格建築，大色塊上布滿黑白線條，天窗上的無數小方格彩色玻璃又接近克林姆（Gustav Klimt）斑斕的鑲嵌畫，兩者結合得非常完美。這是一個有列車時刻表但絕不依時發車的火車站，必須湊夠至少六名乘客才開車。我們只好等待，幾列鏽舊的蒸汽火車頭停在野草叢生的路軌上，我彎腰觀看，果然是傳說中的「齒軌」——兩條鐵軌中間還有一條帶齒的軌道與火車相咬。

幾個洋人來到車站，鮮花覆蓋的鐵路終於開來了兩節車廂的紅藍色小火車。跟著小火車一路小跑而來的列車長也像《銀河鐵道999》的小個子車長一樣兼任列車員，一切都小得像玩具，包括火車上的木條長凳、鐵路穿過的小村落、小塊農田、耕作的農人、一個背對鐵路打坐的小彌勒佛，唯一不小的是車長一路拉響的汽笛，很是驕傲。不一會兒，小火車就到了八公里外的終點站Trai Mat村，整個車程就像一篇短小明快的格林童話。

終點才是魔幻的開始，靈福寺在村子旁邊，應該是以前的越南華人所建，把漂泊的華人想像力發揮到了極限。它的建築風格奉行「多就是美」的繁富美學，能容下裝飾的地方絕不放過，龍和異獸、祥雲擠滿了柱子、窗台、門楣……在這一切之上還鑲滿了彩瓷！寺旁的花園由兩條大龍首尾纏繞盤踞著——一條二維造型的負責建立向上的空間、一條三維的負責地面和水池的起伏，同時有眾小龍穿梭其間。寺廟裡鑲嵌描繪著思鄉人心中的大千世界，樓上則是千手觀世音和玻璃共構的幻境，俯瞰另一邊的院子，竟有一大假山景，雕塑出達摩掛履進洞修行。

從這華麗的伽藍回到小野花簇擁著的廢墟世界，與之相對稱的，是大叻南面著名的「瘋屋」Crazy House，原名是Hang Nga Guesthouse或Spiderweb Tree House，大叻人對這個建築感覺匪夷所思，故取名Crazy House。這所房子的主人和設計師是Dang Viet Nga，是越南第三任國家主席Truong Chinh的女兒，她在前蘇聯取得建築博士學位，返回越南後在大叻建造了這間古怪的旅館。如果靈福寺代表了熱帶東方勞動人民的烏托邦狂想，Crazy House則是一個被西方童話藝術薰陶的熱帶貴族小姐的Nowhere Land狂想。

一般對此建築的定語，就是「夢幻與童話般的」，長頸鹿屋、熊屋、蜜蜂屋……每每依照自然中形象配設而成，充滿童趣，但是無規則、凹凸翻滾的外牆內壁，旁逸斜出流動的天橋、飛簷，使它更像是一個生物，像高第（Antoni Goudi）的建築一樣自己在雨水中生長。它又缺乏高第的神性，在牆上隱現的女人體和牆外高掛的巨大啄木鳥、參差垂掛的雨篷卻帶有一種魔幻現實主義的非理性野蠻在內。

的確非理性，這樣一座瘋狂的房子與安靜甚至清貧的越南格格不入，然而它存在，這就是一種深層的現實主義——人民需要通過這些狂想來釋放自己的另一面，也許是欲望、也許僅僅是夢——來自歷史的片刻打盹出神。最不可理喻的是建築者是越共領導人的女兒，據說這個革命領導人和胡志明一樣還是個詩人。種種表面矛盾的因素組成了另一個越南，迷亂的越南。

那個越南，上世紀一個被「革命」的人也許深知。他是越南的末代皇帝保大，在大叻有他的行宮，說是行宮，其實幾乎成了一個時期的行政小中心，因爲二戰期間大叻曾經是印度支那聯邦的首都。行宮在瘋屋南邊不遠的小山坡上，煙霧迷濛間麋鹿和馬群仍然在其獵苑中吃草，走近了才發現那也是雕塑。這個行宮如許寂寞，堪比遠方順化的故宮……遠方？軟禁在此的末代皇帝對遠方的概念該是如何？他的掙扎如同近代越南命運的掙扎，中國、法國、日本、美國虎視眈眈，借此敵彼其實是拆東牆補西牆。他宣布《獨立宣言》，重立越南帝國，退位，直到就任臨時中央政府元首，都不過是一場場傀儡戲，他絲毫不能左右自己命運，最後歷史只留存了他精心撰就的一句下台詞：「願爲獨立國之民，不作奴隸帝王。」

行宮不大，卻有一個小迷宮的感覺——或者小囚房。末代南芳皇后、曾經的選美冠軍阮友蘭的一幅小刺繡肖像，選色竟馥鬱如高更的大溪地女子，曖昧的笑靨也彷彿熟知天堂之美與人世之荒誕，然而右邊對皇后寢室的解說詞道出了她一生的醋意、左邊對皇帝寢室的解說詞甚至流露了此間皇帝與另一個女子的風流韻事。寂寞何其大哉！這卿卿我我之間的透心涼、紅塵不染的奈何天。行宮之名，就注定了草促之戲的上演。

這現實，便是大叻最後的魔幻。仍是歷史在夢魘時的一聲呢喃。

美山

我們在廢墟上修建廢墟
像培育一株植物，不知名、不知屬。

果子結了佛像，斷了首
向黑壓壓的轟炸機，舉起一捧笑
黃如最富饒的一翻泥土。
而我是雕刻了往生圖之底座，
也是石頭花莖，高處的沉重飛旋的序。
然後牽一頭白牛走過，走過
你的家門、你的池，咀嚼你的蓮華。
善哉，你手指處是無説話的殘缺：
天空也頹圮，一座大寺
美山美山，水漱，我的齒落。

這是幾天後我在峴港返回河內火車上所寫，美山是世界最大的占婆遺跡，位於越南會安附近，越戰時被美國轟炸機炸毀大半。然而她樸素的美猶在，國破山河猶在，越南猶在，你我猶在。

二〇〇八年

在哈爾濱過年

她童年的冬天、寂寞的節慶——

那是屬於遙遠的八十年代的童年，在那個八十年代甚至九十年代初的中國，

一切都貌似沒有現在那麼喧囂，雪也好像比現在的雪更乾淨……

從小，哈爾濱這個城市在我這個南方人的詞典中，一直意味著「遠東」，混雜著「俄國老毛子」和「關東浪人」這樣的十九世紀冒險色彩。直到一個哈爾濱人成爲我的妻子，我才和哈爾濱發生了一年一度的聯繫——回家過年。對於香港人來說，哈爾濱太遙遠了，有朋友竟然問我妻子：「哈爾濱到底是在中國還是外國呢？」

現在我就在這中國黑龍江省的省會哈爾濱等待過年，我有幸在春運（春節期間交通運輸）最高潮前離開北京到達哈爾濱，當然我是沒有辦法買到寶貴的火車票的——打算和我一起去哈爾濱的香港朋友在北京火車站售票廳排隊，和數千人一起擠了三個小時後被告知所有車票售罄，於是我們只好買了全價的飛機票。

在中國，「春運」絕對是一個令人恐懼的詞，隨著經濟疾速發展、人口流動洶湧，基本的交通服務已經越來越難以負荷春節期間回鄉的人民，再加上天災添亂，今年的春運也變成了最大的災難。千萬民工是沒有辦法買得起昂貴的飛機票的，也沒有人際關係買到火車票，他們只好買張站票擠十幾二十小時回家，甚至至今滯留混亂不堪的火車站。

今年的中央電視台「春節聯歡晚會」彩排鬧了個大笑話，大陸著名女高音宋祖英唱完〈綠色的田野〉之後，主持人上台說每年必說的套話：「現在全國人民都在歡度春節，北方一片雪花飄舞，南方則是春意盎然。」現場觀眾一片譁然——除了這些慣於粉飾太平的宣傳工具們，中國人都知道這個月南方暴雪成災，雪災地區鐵路公路運輸幾乎癱瘓、電力和物資供應困難，一場大雪突顯盛世背後的薄弱。

不但南方沒有春意盎然，北方也沒有雪花飄舞。今年氣候反常，連哈爾濱這樣的極北城市也是暖冬，和我一起來到哈爾濱的香港朋友已經失望而返，只有每年一度傾力打造的冰燈展稍爲安慰了他們的雪國想像。即使沒有瑞雪，哈爾濱還是一片喜慶熱鬧氣氛，就像中國大多數的二線城市（省會等大中型城市）一樣，其繁華超出外人的想像，港韓朋友一再爲哈爾濱中央大街的商場華燈及其內裡的物價而咋舌。

四海之內都在歌舞昇平，哈爾濱也當然如此。這個城市還保存著中國最多的教堂建築，多是俄羅斯人或猶太人留下來的，還有更多的俄國殖民地色彩建築，這點大大滿足了香港人愛好的異國情調，香港朋友第一天住在前猶太會館改建的招待所，過兩天又搬去了擁有全國最古老的歐式電梯的老旅館。旅館外面，就是著名的中央大街，一百年前的鋪石馬路、一百年前的俄羅斯餐廳、蕭紅居住過的馬迭爾賓館，接著我還帶他們去了中國最古老的電影院之一：位於哈爾濱南崗區的亞細亞電影院，對於這兩個從事獨立電影製作的朋友，也不失爲一次朝聖。雖然亞細亞電影院，現在只放映港產片，和上演東北通俗節目二人轉。

但是我和妻子有我們隱祕的哈爾濱，比如說：老道外，那裡是我一個持續拍攝的生活聚落，今年我也帶領香港朋友去「歷險」。二〇〇二年我第一次去哈爾濱，就被道外區這個「異境」迷住了。首先我的著迷是感官性和想像性的，因爲這裡古怪的建築令我想到艾舍爾的拓樸學版畫，和博爾赫斯的迷宮。一個個層層迴旋的「圈樓」，本身就有複雜的結構，再加上草根人民的想像力，令它再衍生出許多超現實主義的細節。然後我才知道了它的歷史，原來道外是建國前哈爾濱著名的風化區，尤其其中的十六道街和桃花巷，更是妓院最集中之地，就如北京的八大胡同。於是它的建築風格也能得到很好的解釋，性工作者需要群居，於是便有內包圍式的圈樓；但又需要單獨做生意，就有了各自展覽自己的陽台、倚欄，甚至單獨的樓梯。

而最終吸引我開始持續拍攝這一題材的，還是道外區的現狀。現在的道外老區仍像六十年前般混亂，因爲房租的便宜，外來打工者和做小買賣的人都喜歡住在這，原來的居民也多是低收入階層，對生存環境「無爲而治」。哈爾濱人提到道外會皺眉頭，我卻喜歡這種火辣辣的原始活力。當然，道外的原居民並不喜歡住這些破舊的「迷樓」，見到攝影的我們，便以爲是來調查危樓的，總要問一句什麼時候拆遷？這次來到道外，發現最古老的二道街已經被建築商的幕布重重包圍——這馬上讓我想起香港的利東街和曾經的皇后碼頭，道外已經開始重建，透過幕布和鐵牆窺看進去，一個嶄新的假骨董正在打造中。鄰近的三道街、四道街等一片蕭條，零落的居民都在翹首等待拆遷，並無多少新年氣氛。

其實新年氣氛一直屬於道裡區和新開發區，後者有個「腐敗一條街」，奢華程度可比香港。中國的M型貧富懸殊結構在哈爾濱一如在所有這些二線城市中存在得尤爲明顯，不過東北人愛熱鬧，各個階層的人都會盡力過一個豐盛的年，吃喝玩樂，最好再各花一百五十元入場費到松花江上看「冰雪大世界」的冰燈和到太陽島看雪雕。但如果我要在哈爾濱尋找冷靜的冬天，我們還有另類的選擇，就是去探訪哈爾濱的詩人，比如桑克和張曙光。他們可能是中國寫雪最多的詩人，他們的生活與哈爾濱的城市氣質大相逕庭：桑克原住聖伊維爾教堂旁邊現住極樂寺側，埋首寫作長篇小說並保持每年最少七十首詩的產量；張曙光在黑龍江大學教授文學，寫詩同時重新翻譯了巨著《神曲》——在這個熱鬧的城市，這需要多大的寂寞的耐心。

我的妻子曹疏影也是在這個雪國長大的詩人，她經常向我講述她童年的冬天、寂

寞的節慶——那是屬於遙遠的八十年代的童年，在那個八十年代甚至九十年代初的中國，一切都貌似沒有現在那麼喧囂，雪也好像比現在的雪更乾淨，是讓人純潔的「清雪」，就像她〈新年〉一詩所寫：

新年慶典結束
所有少年跑出來
積雪仍舊閃爍
清雪又下起
我來到馬路對面的公車站
那一年我十四歲
所有語言都是新鮮的
世界如同公車在雪地上也能辨認方向
只要願意，我還可以雙腳輪換
滑行著回家
把無論什麼車轍甩在身後
就是那樣的那一天
沒有什麼不是容易起駛，樂於暫停

那一天我喜歡祈使句，它就是杏黃色的
那一天沒有風，清雪就又下起
松花江的冰層下，跳動著數不清的魚

二〇〇八年

占領子孟克

我知道一個以其人之道還治其人之身，對付霸占的辦法；

既然你占了我的風光、大自然，我占你兩間房子又咋的？

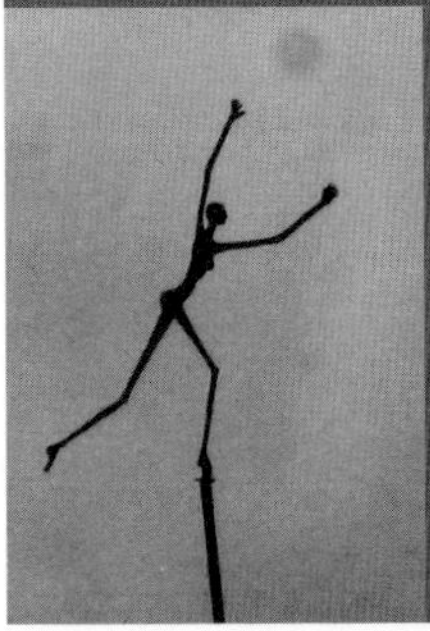

在後資本主義世界旅行，常常慨歎許多優美勝地都已被有錢人或者大機構所霸占，流浪的青年只能到此一遊，甚至只有看的份兒，而且這世界上很多人連住的地方都沒有，因爲世界被一部分人霸占了，你必須向他們分期付款購買你的立足之地——而借高利貸給你的，也是他們家的親戚。

八年前第一次去雲南，昆明、大理、麗江、迪慶……轉了一大圈。風光撲面而來，常常是一轉彎便是一大開敞：原野跌宕、山水鋪張，同行者二人，其中之一稍有商人頭腦，每到一處這種掛曆式風景，便忍不住慨歎：「這裡太適合發展成高爾夫球場了！」另一同行者爲資深NGO自然保護家，憤而譴責之：「大自然豈是你們這樣的人獨占的！」此言極對，有的人是眞心愛這種運動，但有的人愛的是其附加意義，潛意識就是把他們對金錢、物質的占有欲擴展到對自然土地上去，通過圈地，把礙眼的城市、貧窮和社會問題隔離在外，同時又享受著空闊的美景和「文

明」的器具，在他們那裡，高爾夫作爲一種運動已經變質。

自然保護家的擔憂竟然成眞，迪慶早已變成了「香格里拉」，而玉龍雪山上眞的建成了高爾夫球場！這是最近我無聊翻看一本《高爾夫世界》雜誌才知道的。同期刊物還有去南美小國打黑夜高爾夫球的推薦，第三世界國家都在變賣自己的所有資源。我難以想像如果我在玉龍雪山上極目遠眺，看見一群人穿著名牌球衣、帶著稚齡球童、把一個小白球在崇山峻嶺之間打來打去……那是多麼煞風景的景象。

我知道一個以其人之道還治其人之身，對付霸占的辦法，由六十年代的義大利信奉解放神學的神父們發明，他們幫助義大利的窮人、流浪漢、青年藝術家進占那些富豪們閒置不住的大宅、別墅，後來發展到英法德等地，即成著名的占屋行動。既然你占了我的風光、大自然，我占你兩間房子又咋的？二〇〇四年我去巴黎，仍然看到這運動的餘波，許多藝術青年、搖滾樂隊還在理直氣壯地占領城裡的空屋，占了一間被政府趕出來又去占領另一間。可惜我不慣集體生活，租住在附近的一個小閣樓裡，聽著可能存在的搖滾樂聲，想像他們的快樂。

後來又知道在柏林有許多Kommun，也就是「公社」：一群人同住一棟屋子裡，共用廚房、浴室、客廳，很有六十年代嬉皮精神，他們還發起Vokue運動，即「大眾廚房」，由幾個人輪流做菜，在某些地方以極低廉的價錢與大家分享，菜的原料基本都是附近的超市處理的即將過期或剛剛過期但完全可以食用的食品。

最後在奧斯陸，我才終於眞正體驗了這種占領和公社生活。一天當車子繞過St. Olavs大街和Pilstredet大街的拐角處，赫然發現前面一間老房子的南牆上塗鴉著一幅巨大的孟克（Edvard Munch）《吶喊》！起碼有六米高，強烈的黑白木刻風格比原作還震撼。原來這裡就是著名的Blitz，一個被奧斯陸青年龐克、無政府主義者和藝術家們占領的「基地」，我認識的一個挪威藝術家向我介紹：「Blitz是奧斯陸自治的反主流文化中心。二十年來，Blitz一直反抗壓迫、政府控制、文化商品化。Blitz開展了大量政治和反主流文化活動。從星期一到星期五的上午十二時至下午六時，這裡的咖啡館都開放，提供全奧斯陸最便宜和上乘的飲品及素食，一杯咖啡只賣五克朗，而且在星期天，Blitz裡的Food Not Bombs餐廳由下午五點起提供免費素食。Blitz還有許多音樂演出和銳舞派對，演出的都是地下藝術家，門票也非常便宜。」

Blitz的風格很激進，繞到它的正面會發現兩幅巨大的塗鴉：一個是關於一九六八年巴黎學生運動的，畫的是學生們向遠方投擲燃燒彈；另一個是巴解組織青年戰士的側面像。而抬頭就會發現頂樓插滿了黑紅雙色的旗幟——象徵了無政府主義和共產主義的聯合。據挪威的藝術家朋友說，Blitz本來是一所著名的老房子，孟克曾經在這裡生活和創作，二十年前奧斯陸的龐克和藝術家們就把這裡占領了，其間政府多次想收回，派出警察進攻，但都被占領者擊退，警察們也不敢大動干戈，因爲這裡畢竟是孟克故居啊，萬一燒毀了或者撞爛了怎麼辦？在Blitz的北面還有攻防戰的遺跡：專業架設的鐵絲網，網上卻掛滿了絲襪和破褲子，眞是對暴力的嘲諷。

大家不要被它的激進嚇壞，實際上這裡的龐克們都很善良很正義，首先到處都是反對納粹的標誌（在北歐最恐怖的就是他們的新納粹分子），Blitz內部的塗鴉也很溫馨有趣，最漂亮的是一對甜蜜的同性戀者的畫像，兩個人臉上都紅撲撲的，又陶醉又不好意思。我那天邀請了許多小龐克出來做孟克《吶喊》狀拍攝，他們都很害羞，純樸的笑臉怎麼也做不出孟克的惶恐樣子，和他們的奇裝異服更是形成巨大反差。

像Blitz那樣的場所在奧斯陸還有，其中一處也是意外發現的，後來才知道它是官方已經認可的「青年藝術中心」。那天駕車路過發現它旁邊的空地除了塗鴉還有一個巨大的UFO「飛碟」，看來是一個後現代雕塑，於是下車拍攝，然後才發現這位於Brenneriveien和Vestre Elvebakke兩街之間的建築群是藏龍臥虎之地，無數的音樂家、獨立導演和畫家在這裡有自己的一間小小的工作室，有的憑空而設，下面就是Akerselva河的潺潺流水。每間工作室每個月只象徵式收取幾百塊租金——在挪威那還不夠交電費的，如果是十八歲以下的藝術家則更便宜——所以奧斯陸大多數的少年樂隊都在此。在建築群的最高處也插著一面黑旗，而牆上的巨幅塗鴉據說幾天一換，因為城裡的塗鴉手實在太多了，這裡是他們合法的比武場地。

看了這些場所，我有個強烈的想法：在中國的大城市城裡城郊、在香港的舊工業區，也都有很多空置的大宅和爛尾樓，也有許多沒錢交房租、還按揭（貸款）的年輕人／藝術家，這兩者發生點化學反應將會很有意思。但當然，政府、資本家、人民都不會允許的，他們只能勉強接受798這樣的藝術樣板房。

二〇〇六年

二道橋的一個下午

人們鬧騰騰來去、

過馬路、吃小吃、掂量新鑲的「成色」、

喝泡著冰的酸乳、七嘴八舌說我聽不懂的話……

他們通過這樣把一個社區的熱力傳遞給我。

在烏魯木齊的最後一天，我終於去了二道橋，去了二道橋，沒進大巴札。

爲一本旅遊雜誌做「絲綢之路」專題的攝影，尋找全球化時代文化臆想中的「絲路風情」，當然是徒勞，一路的風光都是旅遊業安排好的，除了不和旅遊業妥協的荒涼戈壁、孤清祁連，打動我的不多。也許是目睹一路人造景觀的種種難堪，我按快門的手指越來越不爽，快門越來越難以按下。

到了烏魯木齊，當然不是一個符合外地人「新疆想像」的首府，車子在市區裡走，竟讓我想到北京，想到中國任一個省級城市，完全一樣的面貌，甚至有的地方更新一些、更「東方」而不是西北一些。我滿意於我看到了眞實的中國之一隅，然而我還想尋找另一個烏魯木齊。當然，我得去二道橋。

這裡富有「民族風情」，這不在話下，重要的是它是完全在地的、現實的，社區生態在一個簡單的構架之上自如地生成——至少我所目睹的部分如此。穿著異族斑斕服飾的人穿梭往來——他們穿得那麼漂亮只是爲了自己高興，並不是爲了遊客的目光，這種自如，在所謂的旅遊景點當然是看不到的。這裡的人是眞實的活生生的，這裡的美也是眞實的美，而且一個小擦鞋童和一個盛裝約會的少女，他們的美

是一樣的，源自他們眞實的生活。

二道橋的一個下午，我也和那些莫名興奮的小男孩們一樣遊蕩在大街左右，伺機偷拍——說是偷拍，其實很多人都發現了我的鏡頭，但他們都坦然面對。有一群聚集的擦鞋童，其中一個發現了我的鏡頭然後向我伸出了中指，但我猜他只是開玩笑，並不知道那手勢的含義，因爲他一直保持著微笑，我也保持著微笑。人們鬧騰騰來去、過馬路、吃小吃、掂量新鑲的「成色」、喝泡著冰的酸乳、七嘴八舌說我聽不懂的話……他們通過這樣把一個社區的熱力傳遞給我。

當我感到這股熱力，我才相信我拍下了這些人，否則都是假象。我去了二道橋，沒進大巴札，在巴札外面拍到了最有趣的一個男人，他賣他的大衣——竟至於把七件大衣全部穿在身上——讓我想起小時候看的童話中那個「一巴掌打死七個」，他在鬧市中泰然自若，驕傲於他的大衣們，神氣非常。

二〇〇六年

安靜地歌唱九十年代

安靜中，我們又聽見了Kurt Cobain沙啞的歌唱，

那是上一個千年的最後一夜，它給出自己全部的勇氣，

嘗試幫助我們踏入未來這個更為可怕的千年。

走過愛丁堡一家廢棄教堂門前，突然遇見有人在歌唱九十年代——毋寧說，突然遇見了自己的九十年代。和十五年前的我一個模樣：舊衣、長髮、木吉他、手鼓，介乎於流浪者和藝術家之間的年輕時代，他們自娛自樂，唱著木吉他版本的〈Smells Like Teen Spirit〉。距離他們寸步之遙就是著名的愛丁堡藝術節，人們用自己的表演換取榮譽、金錢或者狂歡，但是他們不，他們的歌聲低沉接近烏有，甚至他們的狗都被催眠睡著了。

在中國，這樣的在熱鬧中追尋沉靜的Grunge青年都已經很少見，我的感動一下把我拽回十多年前。八十年代最後一年的高潮，揭示出了它全部的戲劇性，然後，九十年代我們突然噤聲。安靜是那個年代最初和最後的表徵，期間有人默默撈錢，有人默默去國，有人默默寫詩，有人默默搖滾。對，搖滾也安靜，對於一個現在的音樂「後青年」來說，九十年代的代表作當然是Grunge——連辭典也這麼解釋：「1.（九十年代早期在青年人中間流行的）『髒亂』衣著時尚；2.（九十年代早期流行的）嘈雜音樂」——這每一代都有的、突然爆發的反叛時尚，在九十年代卻只輝煌了一兩年，Grunge的代表是Nirvana，Nirvana的代表是Kurt Cobain，Kurt Cobain的代表作就是〈Smells Like Teen Spirit〉——曾被翻譯為「少年心氣」，這都是七十後文青眾所周知的。然後，他在一九九四年四月八日自殺，這是「七十後」青年震懾至無言的一刻，正如我的同代人詩人韓博寫的：「四月八日，死去的魚都知道飛翔。」——

九十年代的我們彷彿就在那一刻突然成熟起來，獲得了我們這一代人的精神特質。稍後的一九九七、一九九八年，互聯網（網際網路）正式進入我們的生活，「七十後」的我們理所當然成爲其中的先鋒——「六十後」和「八十後」也離還其間，但是他們和我們有太大的不同：「六十後」雖然是他們出生的年代之荒誕的奮勇反抗者，然而他們已經不可避免地被染上那個時代的狂熱與江湖習氣；「八十後」自信滿滿，卻變成了時代精神最完美的消費對象，自詡遊戲的一代，忘記了在遊戲中多出色的玩家也最終被玩弄。

我們因爲在八十年代末和九十年代初巨大的死亡陰影下走過，一身染遍了沉默與警覺的氣質。互聯網帶給我們的，不是一個窺祕和發洩剩餘青春的窗口，也不是代替慘澹現實的虛擬樂園，而更多是一個理性的工具，我們在其中與現實博弈，含枚夜行。安靜中，我們又聽見了Kurt Cobain沙啞的歌唱，那是上一個千年的最後一夜，他給出自己全部的勇氣，嘗試幫助我們踏入未來這個更爲可怕的千年。

「在愛丁堡，死去的魚都知道飛翔。」我突然這樣想，然後巡遊的隊列一哄而至，我的年輕時代旋即在人流中隱身。

二〇〇八年

這一年春天的雷暴不會將我們輕輕放過

海子、駱一禾二十年祭

遠方的遠必須歸還草原，而我們也必須隻身打馬過此草原。

遠方的遠此刻成為了我們曾一意孤往的精神企望的隱喻，草原也順理成章成為時代的隱喻嗎？

給出聯繫和答案似乎輕而易舉，而動身、甚至浴血求證卻是多麼艱難！

這一年春天的雷暴
不會將我們輕輕放過
天堂四周萬物生長，天堂也在生長
松林茂密
生長密不可分
留下天堂，秋天肅殺，今年讓莊稼揮霍在土地
我不收割
留下天堂，身臨其境
秋天歌唱，滿臉是家鄉燈火：
這一年春天的雷暴不會將我們輕輕放過

這是海子的摯友、詩人駱一禾的詩〈燦爛平息〉，寫於一九八九年二月，一個月後，三月二十六日，海子在北京郊外山海關附近臥軌自殺，三個月後，駱一禾心臟病發於天安門廣場，五月卅一日搶救無效死亡，成爲廣場上最早的死者。「這一年春天的雷暴不會將我們輕輕放過」彷彿詩讖，飽含了不祥、卻又暗藏著就義者的驕傲，是的，繼他們之後，這一年還有千百名年輕而驕傲的就義者——「今年讓莊稼揮霍在土地／我不收割」，他們死於一個激烈時代所索求的祭奠，他們是這個渴飲

青年之血的蒼老國度需要的無數次犧牲中的一次。

一

詩歌總是樂於成爲時代無人聽取的預言家，如吊在籠中的卡珊德拉。幾乎與〈燦爛平息〉同時，海子寫下「斷頭台是山脈全部的地方／跟我走吧，拋擲頭顱，灑盡熱血，黎明／新的一天正在來臨」，那些最後日子的詩句總是充滿暴烈，「一群群野獸舔著火焰刃／走向沒落的河谷盡頭／割開血口子。他們會把水變成火的美麗身軀」，暴烈總是迅速轉變成美，而反過來又正是這美麗引誘我們無懼暴烈。

春天，十個海子全都復活
在光明的景色中
嘲笑這一個野蠻而悲傷的海子
你這麼長久地沉睡到底是爲了什麼？

〈春天，十個海子〉是海子遺作之一，我曾經相信他通過這首詩告訴我們：他的死是一次覺醒（決心），之前二十五年是沉睡。關於海子的自殺動機有種種說法：因爲愛情、因爲修煉氣功、因爲詩歌界的不理解、因爲最後一個浪漫主義詩人對農業文明消亡的抗拒，我卻一直執著地相信，他是帶著詩歌給予的完滿幸福欣然赴死的。而經過近年我對八十年代精神氣質的反覆思考，我更覺得海子的死是時代的必然，他成爲一代人決絕的精神追求的高度凝聚點，並因此轟然燃燒。日後我們回想起那個純粹而混亂、飢渴而豐盛、彷徨而一意孤行的時代，必然會想起海子及其詩歌：「今天的糧食飛遍了天空／找不到一隻飢餓的腹部」——他預言的是我們如今眞正的貧瘠。

前些天我住在廣州一個朋友空置的家中，反覆地想及海子和他的同代人。這個朋友，也是海子時代的人，一九八九年他剛上大學，在北京，被風波波及；十年後他在南方成爲文筆尖銳的文化評論家，再十年後的今天他再遷回到北京成爲時尙雜誌的主筆和前衛音樂節的策畫人。我環視著這空屋，彷彿被颱風打掃過，僅餘一箱尙未搬走的書籍，我檢視這些塵封的書籍，驚訝地發現它們大致和我遺留在珠海舊居書架上的書相同：中國社科出版社出版的「外國文學研究資料叢書」、北大學術講演叢書、三聯的「新知文庫」、走向未來叢書、過期的《讀書》雜誌……這些我於少年時代（他的青年時代）生吞活剝地貪婪吸收的營養，我們出於八十年代遺留的知識飢渴症而瘋狂收羅的書籍，而今各自回歸各自的寂寞空屋。

我想，他，一九八九年的倖存者們，可以被稱之爲海子時代的遺孀，至於我及許多七十年代後半段出生的「同志」，可稱爲海子時代的遺腹子。我們各自歸屬時代帶給我們的命運，或大道、或歧路、或蹊徑、或惘然不知去路，皆痛哭而返。海子時代的遺孀，更多地領悟到絕望的意味，絕地反擊、開始收復失地，然而在一路狂奔中頻頻遭遇似乎不可能的虛空，這虛空迎面而來，因爲它植根於你作出選擇的姿態，從出發時便無可迴避。海子時代的遺腹子，出自弒父情結，曾經在九十年代作出猛烈的反駁，反駁八十年代無可救藥的激情，代之以所謂的冷靜和理性，殊不知海子的基因早已潛藏我們身體深處，它必須在關鍵時刻揭竿而起，否則可能會成爲病毒。

海子在遺詩之一〈黎明〉中說：「我把天空和大地打掃乾乾淨淨／歸還給一個陌不相識的人。」我們，還是我們之後的一代，是這乾淨得荒涼之天地的厚著臉皮的繼承者？一九八九年，我尚是一個大陸中學的二年級生，驟然被多得難以承受的死亡驚醒，但直到海子去世兩年後才在一個選本中讀到他寫於一九八六年的一首詩〈九月〉：

目擊　神死亡的草原上野花一片
遠在遠方的風比遠方更遠
我的琴聲嗚咽　淚水全無
我把這遠方的遠歸還草原
一個叫木頭　一個叫馬尾
我的琴聲嗚咽　淚水全無
遠方只有在死亡中凝聚野花一片
明月如鏡　高懸草原　映照千年歲月

我的琴聲嗚咽　淚水全無
隻身打馬過草原

在整個九十年代，海子僅憑這一首詩，成爲我心目中的詩歌英雄。誠然裡面的多修辭在今天已經成爲濫調，正如他更著名的〈面朝大海，春暖花開〉成爲各地房地產廣告中的濫調一樣，八十年代海子嘔心瀝血吐出的激情被那麼多成長於八、九十年代的背叛者輕易地消費著，他們不知道或故意忘記海子還寫過神祕的〈打鐘〉、恢弘的〈亞洲銅〉、沉實的〈熟了，麥子〉、絕望卻豁然的〈春天，十個海子〉，還有這首極其悲壯遼闊的〈九月〉。

遠方的遠必須歸還草原，而我們也必須隻身打馬過此草原。遠方的遠此刻成爲了我們曾一意孤往的精神企望的隱喻，草原也順理成章成爲時代的隱喻嗎？給出聯繫和答案似乎輕而易舉，而動身、甚至浴血求證卻是多麼艱難！這個春天，我多少次聽著另一個早逝者張慧生爲之譜曲、盲詩人周雲蓬演唱的〈九月〉淚流滿面，不惜爲旁人和自己嘲笑。這一片乾淨得荒涼之天地，我們何從下筆？這一年春天的雷暴不曾將我們輕輕放過，何時它成爲我們自身的力量，帶來更磅礴的風雨？

二十年前，二十五歲的生命，他死得其所，這一個孤絕、憤懣卻有足夠的硬度去任人歪曲的幽靈，今天前來，以不曾變更的烙印爲我們的青春標點。他把石頭還給石頭，讓勝利的勝利，只把青稞歸屬於青稞自己。

二

「我們每一個人都必然死於自己的心臟」，一九八七年八月駱一禾如此寫道，他也有自己的詩讖。一九八九年三月二十六日海子自殺之後，作爲海子最信賴的詩友，駱一禾全力投身於海子遺稿的整理之中，並且連接寫出了〈衝擊極限〉、〈我考慮眞正的史詩〉、〈海子生涯〉等泣血深哭的關於海子的文章，在巨大的悲痛和沉重的勞作下，他的身心被劇烈透支。而正巧外界一場浩蕩的風暴猛然襲來，作爲一個長期在詩歌中思索中國命運的詩人，駱一禾不可能身在其外。一九八九年五月十三日，他（當時是官方文學刊物《十月》編輯）與妻子（張玞，北大博士生）一道參加天安門廣場絕食，當場因激動亢奮、腦溢血暈倒送院，期間當局嚴密封鎖消息，經多日搶救無效，五月卅一日因腦血管突發性大面積出血於天壇醫院去世，年僅二十八歲。六月十日，駱一禾的遺體始得以火化，他和海子的摯友西川扶靈。

在時間的神祕意義上說，他是一代人的渡亡者、率先死去的冥河船夫卡戎。而在整場希臘式悲劇——允許我以《聖鬥士星矢》作比喻——裡，如果海子是眞摯、火熱地成爲烈士的星矢，那麼駱一禾就是高貴、平靜地進入死亡的冰河。他以及他那一代的青年知識分子，身上往往混合了青銅聖鬥士的向上的底層激情和冰河自身具有的不學而能的貴族氣息，兩者並不矛盾。前者來自他們出生的六十年代的壓抑和貧乏，反而給他們帶來不屈的求索欲；後者來自他們長大於其中的八十年代的思想解放熱潮，讓他們深信精神的高貴可以超越現實、思想的激烈可以爲荊棘交纏的中國荒野燒拓出一條血路。

《駱一禾詩全編》上唯一附有的駱一禾的照片，就顯示出這種八十年代典型的精神貴族氣息，他白衫白褲白鞋，優雅地微笑在沒有陰影的陽光中，背後僅有一片鋼藍的天和海。「我不學而能的人性醒覺是紫金冠」，這是駱一禾熱愛的前輩詩人昌耀（一九三六年生，二〇〇〇年自殺）的句子，這句話最適合給駱一禾和那一代原始狀態的自由知識分子加冕。這光彩燦爛的醒覺完全是被逼出來的！我無法向你形容大陸八十年代的思想爆炸是何等超現實，大量被囫圇吞下的翻譯巨著、尖銳的學術論爭、洶湧的小說實驗、無奇不有的詩歌流派……他們以理性起、走向無從辯駁的非理性，這種形而上層面的亢奮恰恰與形而下肉體的飢餓感所帶來的亢奮相應，然而這種精神和走到節骨眼上的中國一擦即著，遂成火的洪流。

這就是燃燒的小宇宙，而背後，就是海。「海」在八十年代後期的中國，是一個無法迴避的隱喻，不知道還有多少人記得《河殤》？在這部神祕地以先知口吻煽動著革新情感的宣傳片中，「藍色文明」、「海洋」等詞是作爲「黃色文明」、「黃河」等詞的對立、強烈地批判著後者的，如今看來當然這裡面含有大量簡單粗暴的邏輯，上升到純粹的技術層面來說其實和政府其他的宣傳片無異，但它又是必然的、是時代的急先鋒，有時起義的號召就必須這麼神祕而又直接擊中人心。

「海」也是駱一禾詩歌的一個中心意象，除了他的鴻篇巨製長達一百八十多頁的長詩〈大海〉，海一直以正面形象出現在他的無數短詩中，而〈大海〉中的海更混雜、更痛苦。這正是駱一禾作爲一個詩人有別於上述《河殤》宣傳者的痛苦，〈大海〉中的海，其燦爛和透徹來自希臘文明、來自八十年代大家熱讀的埃利蒂斯和賽弗里斯，但其神祕、冷酷、荒涼卻來自中國文明中對海的本能畏懼，〈大海〉裡無數暴烈的神話穿插其中，就像《聖鬥士星矢海皇篇》，冰封之海擁擠著烈士們的屍骸。駱一禾的詩中一以貫之對中國農業文明的緬懷態度（其音端正，與來自農村的海子詩歌中偶露的黑暗氣息不一樣）和他又不得不從理性角度接受的海洋文明撕裂

INK PUBLISHING

讀者服務卡

您買的書是：＿＿＿＿＿＿＿＿＿＿＿＿＿＿＿＿＿＿＿＿＿＿＿＿＿＿

生日：　　　年　　月　　日

學歷：□國中　□高中　□大專　□研究所（含以上）

職業：□軍　□公　□教　□商　□農

□服務業　□自由業　□學生　□家管

□製造業　□銷售員　□資訊業　□大衆傳播

□醫藥業　□交通業　□貿易業　□其他＿＿＿＿＿＿＿＿

購買的日期：＿＿＿＿年＿＿＿＿月＿＿＿＿日

購書地點：□書店　□書展　□書報攤　□郵購　□直銷　□贈閱　□其他

你從哪裡得知本書：□書店　□報紙　□雜誌　□網路　□親友介紹

□DM傳單　□廣播　□電視　□其他

你對本書的評價：（請填代號　1.非常滿意　2.滿意　3.普通　4.不滿意　5.非常滿意）

內容＿＿＿封面設計＿＿＿版面設計＿＿＿

讀完本書後您覺得：

1.□非常喜歡　2.□喜歡　3.□普通　4.□不喜歡　5.□非常不喜歡

您對於本書建議：

感謝您的惠顧，為了提供更好的服務，請填妥各欄資料，將讀者服務卡直接寄回或傳真本社，我們將隨時提供最新的出版、活動等相關訊息。

讀者服務專線：（02）2228-1626　讀者傳真專線：（02）2228-1598

廣	告	回	信
板橋郵局登記證			
板橋廣字第83號			
免	貼	郵	票

235-62

台北縣中和市中正路800號13樓之3

印刻文學生活雜誌出版有限公司　收

讀者服務部

姓名：＿＿＿＿＿＿＿＿ 性別：□男　□女

郵遞區號：＿＿＿＿＿＿＿＿

地址：＿＿＿＿＿＿＿＿

電話：（日）＿＿＿＿＿＿＿＿（夜）＿＿＿＿＿＿＿＿

傳真：＿＿＿＿＿＿＿＿

e-mail：＿＿＿＿＿＿＿＿

INK

了他，他作爲一個熱愛革命的莊園貴族卻不自知這撕裂。

其實在一九八七年他寫及黃河他已經觸及內心的矛盾，從開始的審美化禮讚到結尾的惶惑。「一場革命輕輕掠過的河／美德在燈盞上遲鈍地閃耀」（駱一禾〈黃河〉）。六．四一代生涯中驚天動地的革命，對於廣大的中國僅僅是「輕輕掠過」，令人絕望的是「美德」仍在閃耀，即便無比遲鈍。駱一禾與六．四一代悲哀在於此，而驕傲也在於此，聖鬥士的宿命就是理想主義者的宿命，「正是爲了那些沒有希望的事，我們才獲得希望」，班雅明說。六．四一代必須承擔黃河的愚昧和她同時存在的慈愛，也必須承擔海洋的未知之力，痛苦的洗禮遲早要來臨，只是沒想到還有更黑暗的力量把形而上的痛苦直接導向形而下的殘酷。

「我們把青春給了這個世紀／故我們要成爲影子」（駱一禾〈世紀〉）二十年過去，影子如火焰掩忽明滅，那一刹那燃燒過的小宇宙慢慢成爲傳說，甚至被犬儒們質疑。駱一禾的詩歌也曾長久的被質疑：這種宏大的悲劇精神和這些高貴純粹的辭彙是否屬於譫妄者的幻象？它們和今天中國野蠻平庸的現實是多麼格格不入！

——讓我們回去吧，一個時代的絕響，並非詩歌技巧的硬尺所能衡量。鬥士之死也許純屬毫無報酬的犧牲，但是這畢竟是犧牲。在駱一禾寫於一九八九年五月十一日的遺作之一〈壯烈風景〉結尾寫道：「最後來臨的晨曦讓我們看不見了／讓我們進入滾滾的火海」，一代人如果存在盲目，那盲目也來自於他們堅信的晨曦，即便那是火海。

亞洲的燈籠還有什麼
亞洲小麥的燈籠
在這圍獵之日和守靈之日一塵不染
還有五月的鮮花
還有亞洲的詩人平伏在五月的鮮花
開遍了原野

駱一禾在寫下上面這另一首遺作〈五月的鮮花〉的時候，必然想起了這首我們小時候唱過的歌：「五月的鮮花，開遍了原野，鮮花掩蓋著志士的鮮血。爲了挽救這垂危的民族，他們正頑強地抗戰不歇。」死亡歷歷在目，他們是被圍獵的，而此刻，讓我們以詩歌守靈。

二〇〇九年　「六・四」二十週年

北京，春天的醉歌行

我應當輕把著哪一雙小鴿子入睡？

在這春風沉醉的晚上，像夜深深的花束，看不到身後的樹枝。

但是在那些舞蹈的人們中，沒有人能像你舞步如飛。

二月

「二月，一拿出墨水就痛哭！」巴斯特納克（Boris Leonidovich Pasterna）的這句詩也許太猛烈了，它的另一個譯本更爲沉痛和委婉：「二月，墨水不夠用來痛哭。」但那只是一句誤譯——就像我的北京，只是我作爲一個任性的翻譯者一廂情願的傾注，我令它成爲了一個墨水不夠用來痛哭的滿載了憂鬱的城市。這裡，旁觀者充當女像柱。

走在灰暗的大街上，傻瓜裹著草大衣，我的朋友們都患有俄羅斯情結——有時，雪下起來的時候，我們把北京當成了彼得堡：那個留著大鬍子的人，是安德列盧布耶夫；那個每喝必醉的人，是小酒吧裡的葉賽寧；那個以一枝菸顛倒眾生的，想必就是剛從皇村中學畢業的阿赫瑪托娃了。而我是誰呢？

托洛茨基或者曼德爾斯塔姆——我彷彿具有逃亡者和被放逐者的雙重游離，在刀割的雪原上讓黑雪打過我麻木的膝蓋。風定雪止時，路邊的小飯館一盞盞亮起它們暗黃的燈，照亮我恍惚的面孔——這我才看見我鬍子拉喳的、板結的臉，我原來是自我流亡在一戰前紙醉金迷的巴黎的沒落者——蒲寧。

不，我搖搖頭，從塔可夫斯基慢慢融入慘白的天空影像中驚醒。路上踢起初春的塵——一千年前，有一個落第的才子說那是莎。彷彿從一千年後某個唱著《故園風雨》的女子唇中升起的一樣。這是中國、北京，楊柳青從新資本主義蹂躪的荒郊陌巷裡仍舊默默滲化，霓虹燈牌破裂，車輪滾轉，吆喝聲聲！

但是我不排斥在南池子舊使館區，我從人力車油布篷間驚鴻一瞥的，一個白俄女子的慘澹一笑——帶著價錢牌的。就像我同樣漂泊異鄉的紅粉姊妹們。雖然我無法一一牽起她們的衣袖。我吹簫，支離疏倚馬立成。小姐稍待。

我在回家的路上寫著我的〈餓鄉紀程〉和〈赤都心史〉，一個已經飽經滄桑的女中學生越過我彎曲的雙肩偷偷的看。那是在一路長達一個半小時的老公共汽車（302路）上，我也借著動盪的路燈察看我自身——在那動盪的懷抱裡我所抱緊的我自己，是一個因爲親吻新來的女教師而被逐出校的好好學生、紅衣少年。

我下車、上車，反覆不斷，於是認識了所謂的「另一個中國」，原來她是一個變著花樣縫合我的傷口的少女，「你看這一圈花邊滾得多漂亮！」可是她的針太利了。燈光下，明明她是寫著給奧地利的絕望情書的老女人茨維塔耶娃，她卻說自己是阿童木（即：鐵腕アイム，台譯爲「原子小金剛」）。

阿童木？什麼話，日本的小機器人，哦，櫻花凋零，我的思緒已經糾纏到東京，那樣也不錯，浪人的衣衫有著足夠的殘破。北京就這樣隱隱約約的向我遠遠揮著手，彷彿我是馮乃超——在蒸汽客輪上！哦，我回家了——噓，我不能高呼，拉開生鏽的鐵門——我忘了上鎖——有沒有一個小狐仙悄悄潛入呢？這是原來的那個聞一多中國。

朝陽區一家日報社後面的公寓宿舍，最後一棟的第三層，那一間房子，它租用了我——僅僅用了一屋的黑暗和塵埃密布的空氣，附有寂靜，並按月交付一封漫長得看不完的情書——沒有落款，當我打開我的衣櫃，我就會在穿衣鏡上發現和信上的墨水一樣顏色的唇膏吻印。一個矮個子女人，我比試了一下——她的小門牙剛好咬著我的心。

於是我穿上她穿過的梅花拖鞋，潛入她潛入的淋浴水花中——她就是那個叫作阿童木的小狐仙吧？當我帶著一身濕漉漉的彷彿是前生遺留的記憶倒在留有她的餘香的床上，我輾轉著，於是我夢見了——我以爲我夢見了北京，街道胡同突然變得酥軟，這時，她喘著氣縈繞在我腰上，她沒有汗，她是另一個講了數千年的故事了，關於干戈零落、胡馬窺江——一個小女孩嚼紅梅餅，那一夜，在北京。

一個高個子女人——那是一九八九年後的她了，我的脖子剛好可以貼上她的耳輪，她在聽著我的血沉緩流過的聲音吧？冰，昨天還沒有融呢，河面上有一些塑膠瓶、一些洗去了字跡的書，糾纏在我的枕頭側。有一個人淡淡的呵一口氣，隔著早晨的窗戶，我看不見她的面孔，她就登登登地跑了。

我追啊，從陽台上起飛，一場輕雪及時的把我零碎的身體揚起。這是北京的冬天最後一場雪了嗎？彷如線裝書在琉璃廠百無聊賴地散落，我順著一些清詞的字跡胡亂的走，於是又看見她在我的前方——名爲希望胡同的尋常巷陌，恍若隔世，這青青燕雁。

「你這是什麼章法出的牌？」別雷勃然大怒，紅髮別雷、光頭曼殊、板頭阿三，還缺一個呢？巴斯特納克正在拆閱我冒充曼德斯塔姆從海參崴的來信：「……我扭鬥熊十力，在北大某個破網站竟一時被引爲笑談……」二月，墨水……

稍稍的，有點寂靜了吧。

三月

三月，並不符合所謂春天的小步舞曲的節奏。有時，它像幸福的來臨一般猛烈——三十年前，一個年輕詩人寫道：「三月是末日」！把蘆葦蕩裡的同齡抒情者嚇了一大跳。然而迅速淹沒了，就像春水漫捲，我在痛飲，那藏在小提琴側腹的心，三月。

也許眞是末日，一切的快樂、狂歡，一切的陰暗孤絕，跳著探戈來來往往，聽女伯爵高聲唱詠：「黑死病！黑死病！」我常常枯坐開滿深藍色星星花的斗室之中，任陽光從早到晚，在我空茫的身體上來回摸索它無聲的琴鍵。我飛著把自己發了出去，大拍賣的價錢，你收貨嗎？那是一片晶瑩，那是一串鈴聲，那是一個優美的嘲諷——那白得耀眼的神經病！

噓——噓。小小的童年探頭張望，背著風喝完一杯白開水，他已歷盡滄桑——開什麼玩笑，風在跑著呢，我唱過又跳過了，像一台手風琴，還不能留下風的吻？在舊摺頁的背面、那鶯飛草長的深處？還遠著哩，不記得了？當你從異鄉返抵另一個異鄉，短促的桃花已經謝過了三遍——

我總是在一些「n」尾的拼音流連忘返，像那橘子戀愛的手風琴，停頓又放縱展開。有時，它像幸福的萌芽一般悠揚慢板。我應該說出嗎？那就讓我模仿一個老樂師那樣喃喃傾訴吧，說：「那是聽著〈加利福尼亞之夢〉擁抱起舞的年華，在床榻的激流中，留下紫紅色吻痕，以供遺忘之用的年少輕狂。」又說：「含一片樹葉，當然，你是透明的，但你的名字是青色的，是一隻狸貓低垂的眼瞼。」

馬車輪子古碌碌空轉，是北京城呢！她揚起了笠帽下的紗巾——那是第幾生的塵緣愛劫了……我是一個上京赴考的學生，風剪開了我黑衣的長襟，我飛，那一彎承接埃及曙光的眉毛，我在黑海上空穿越，四天四夜翅膀掠著雲霧，沒有沾到一滴水！直到她，她揚起了笠帽下的紗巾——

在那高軒過，或者華亭下。我背誦先唐詩篇，於是就像得到青睞的小李賀一樣洋洋自得。然後消瘦、落榜、扔大量的稿子在被查封了的驢子網頁上——突然發覺，那又是一生了！醒來時梅子低垂我的心口，她揚起了笠帽下的紗巾——她笑。她俯身飲用……世界在流蕩。她說：她愛。

當她說她愛，那就是全部，三月的全部。在雲朵陰影下的人們，漸漸荒涼起來。

打斷了一些離離合合、海誓山盟的隻言片語。四月，我對鏡自綠。

四月

於是我竟然站在平原的另一角去回憶四月，或者，我牽著白雲的衣角，像一個春天的孤兒。我揚著頭，手按著被風吹得嘩啦啦響的花布衫，傻呼呼地唱：「紫地丁花開啦，雞蛋花開啦，橘子花開啦，油菜花開啦……天上的星星像一群熟睡的娃娃。」天馬上黑了下來，白雲變成幽藍色。

這時候，我竟沒有低下頭說：「四月是最殘忍的月份。」艾略特也只是想聞到紫丁香潮濕的氣味而已，我蹲下身來把我的褲腳捲高——不是因爲我已經蒼老，而是塞壬們都歌唱了，我要準備被淹沒。我竟想渡過這一個楊絮紛紛的忘川。

我的自行車斷了線，從黃金般的天空上掉了下來，我還保持著優美的姿勢呢——我把雙手儘量的張開，五隻手指在香風中微微顫動，模仿羽毛在折斷之前的彎捲。我在航天橋輕輕一轉彎，就滑進了秀水街使館區，我在秀水街輕輕一轉彎，就沉入一個碧綠的深淵——在大平原的一角，我驕傲的蹺起了我的後輪。

一片楊絮就把我托起了，我說：「笑一笑吧……」我太小聲，她聽不見；我拚命大聲叫喚，像是在哭了，她就一笑。空氣波動，來自衣袖深處的迷迭香，我馬上被那黑暗吹遠，在冰山上空「崩崩崩」的敲我的煤桶，楊絮說：「你被四月的豔陽曬黑了，你不屬於春天。」

車輪空轉，一道道光流過、失蹤。我走著走著，像把頭埋進一件花團錦簇的新娘子嫁衣的懷抱裡，便再也找不著她的影子了。大藥草花開啦，紅紅的紙花，老師要給我的剪紙作業表揚。於是一閃，天使長微笑著修剪好了我的翅膀，我微醉，喝光了加利利地方的婚宴上的酒，瑪利亞說：「還有，還有。」在她俯身倒酒的時候，我看見了她宛若漢白玉的雙乳。

我應當輕捫著哪一雙小鴿子入睡？在這春風沉醉的晚上，像夜深深的花束，看不到身後的樹枝。但是在那些舞蹈的人們中，沒有人能像你舞步如飛。你從黃浦江畔的小閣樓上探頭、踮著腳，就像晨光中鍍金的巴甫洛娃；但是你又旋轉著，捲入我的黑夜，側身緊貼，這小髖骨、中空的翼架、印地安少年的小腿——月光漫過，我雙唇低抿，吹奏這一枝銀笛。

在岸上，淒迷細雨，我挽不住那遠東高唐的一襲青衫，在我的各各它，我和兩個善女子同行被閃電劈開的荊棘路。兩個錫安女子——一個叫玫瑰，一個叫白雪，大熊啃食著空虛中的自身，她們則坐在巴比倫河畔哭泣：

耶路撒冷啊，我若忘掉你，
情願我的右手忘掉技巧。
耶路撒冷啊，我若忘掉你，
情願我的舌頭貼於上膛。

淚水濡濕、染紅了春夜，你又側身緊貼，額髮婉轉於我的細舌。當我飛起來，我化作了大熊星座，用一把火燒毀了我森林中的小木屋。我病了，光芒黯淡，流星擦身而過，我又好了，然後墜落在二戰時的倫敦郊野，對酒吧間那個濕漉漉的美國大兵講了一個牆與牆之間的謎語。

「這面牆對那面牆說了什麼？」

夏天到了，再見！再見！當我墜落，悽愴江潭，小楊絮溶入那疲倦的浪遊者的烏黑鳥趾中——刻著一群仙女像——樹猶如此，人何以堪！我捲起我的褲腳，用巴比倫的河水洗我趾上埃及的泥沙。

我竟想渡過這一個楊絮紛紛的忘川。在大平原上縱情奔跑，叫喚著記憶中每一隻候鳥的名字，不覺淚流滿面。

二〇〇一．二．五

香港中文文學獎散文組季軍

憶路上人

我常常覺得時間是一段段獨立的切片，

一切美好的、悲傷的事情都停留在了它們發生的時間中，

因此他們可以駐足於彼處遙望我們，我們亦能回頭，和他們打個招呼。

病中夜裡，低燒反覆，模模糊糊不斷想起今年初夏的旅程，我和妻走的那一段絲綢之路。第二天起來寫了這麼一首詩：「秋光劈成了柴片，低燒著夜，／我夢見兩個人在路上向我揮手，／彷彿他們走的是銀河裡的迷宮。／／我卻知道他們在陝西、在甘肅、／在河西走廊迷了路，他們在祁連山下扔石／扔出的都是飽凝寒氣的星星。／／他們一路上顛簸著光，火焰咬手，／痛得讓人唱了一支山歌，在山陰／那就是尕妹子那個河水，流啊流不到盡頭。／／但是山已破了，天已黑了，／消瘦的黃河邊上建設了巨大的國道，／黃土疙瘩壘啊壘不成黃風怪的城堡。／／我夢見

的兩個人，一個吹著笛子，／一個搖著牛鈴。我身上流浪的兩個人，／一個搖出了敕勒川，一個吹出了花千樹。／／他們一路上顛簸著光，火焰咬手，／痛得讓人唱了一支山歌，在山陰／那就是尕妹子那個河水，流啊流不到盡頭。」

這兩個人就是我和妻，我常常覺得時間是一段段獨立的切片，一切美好的、悲傷的事情都停留在了它們發生的時間中，因此他們可以駐足於彼處遙望我們，我們亦能回頭，和他們打個招呼。而此時的彼處，我和妻仍然在路上，扔石頭、宿戈壁，越山過水、歌哭無端。

詩拿給妻看，妻不曉得寫的兩個人就是我們倆，卻問我寫的是否小索和張佺。是啊，多麼像是寫他們倆，小索和張佺，已經消散了的「野孩子」樂隊，兩個從蘭州來到北京的人，木吉他唱著西北的民謠，憂傷而熾熱，浪蕩卻苦楚。二〇〇一、〇二年多少個晚上，我們在北京的「河」酒吧厚木凳上圍坐，卻像圍坐黃河邊上的裸石，「野孩子」唱著一首一首流浪人的情歌——對異鄉、對故鄉，我們都又愛又恨。當小索唱起「想起了家想起了蘭州」，席間的西北漢子哭了。當張佺唱起「山上的花兒，你自己開自己長，你就自己搖晃／路上的人兒，你自己走自己唱，你就自己張望」的時候，把酒的異鄉人靜了。

「野孩子」分分合合，直到小索前年因爲急性肝癌去世，張佺就一個人去了西南和西北，現在仍然在路上吧。我想起他們就想起五年來的我們，走東闖西，仍然在路上——小索，你可知道？

「你說那山上的杜鵑花兒紅／你可知道，它長了多少年？／你問那大路上騎馬走過的人／趟過的河，它有多少？／／你聽那飛過的杜鵑鳥兒叫／你可知道，牠家在哪裡？／你猜那遠方背井離鄉的人／走過的路，它有多少？」你曾如此問過我。小索、馬驊、所有離開了的人，你們應該向我揮揮手，讓我知道我不是一個人在路上。

二〇〇六年

從那不勒斯到安達露西亞

從那不勒斯到安達露西亞

那不勒斯，一隻黑犬

那不勒斯，或者普羅茨達，你要向我傳遞什麼消息？

地中海沉默著，維蘇威火山寬容地接納一切。

生活在這座貌似被義大利、被「西方」遺棄的城市，

自暴自棄是一個悲傷的立場……

那不勒斯是最令我震驚的歐洲城市，它和別的城市都不一樣，有時它會讓你覺得自己身處南美或者印度，那種混亂或者活力，都是衰老的歐洲所罕見的。

從羅馬坐火車到那不勒斯，駛近火車站，視線從遠方環抱似的維蘇威火山移到下面密匝匝的矮樓房，靠鐵軌的陽台上會突然冒出一個冷眼的大媽和你對視。出了火車站，拐進轟鳴的地鐵（其間你可能被自動售票機吞掉了你的硬幣而無從投訴），這是我坐過最高和最具噪音的地鐵——完全就是一列火車，你發現周圍全是冷眼大媽一樣的面孔，和你緊緊相挨。

爲了方便逛南義最大的國家考古博物館，我選擇了它附近一個街區的B&B旅館入住，走出地鐵站沒有發現和「考古」、「博物」這些文化氣息甚濃的辭彙相關的景象，只發現蔓延四周的垃圾：在地上漂泊的、在垃圾桶漫溢出來的，人們或端坐在垃圾間大聲聊天、或疾走，這一景象我只有在重慶、大同和哈爾濱的某些街區見識過——當然原因不一樣，南義的垃圾處理業被黑幫壟斷，已經不止一次造成環境危機了；但同時我也感覺到一股熱力在流湧，這裡的人在如此眞切地活著，即使你是一個過客也能目睹和接觸他們的生活，甚至被劫掠入其中。

小時候因爲習畫，知道了一種顏色叫那不勒斯黃，並且非常喜歡使用這種清淺透亮得晃眼的明黃，它固定了我心目中對那不勒斯的想像：清朗的、輕輕飄揚的。但後來我又知道了一個詞叫做黑手黨，也和那不勒斯有關，於是我的那不勒斯黃混合了鉛黑色漸漸凝重起來，最後它的顏色就是我現在身處眞正的那不勒斯看見的顏色：黃褐色，就像好友馬驊的詩寫的：「有點鮮豔，有點髒」。

也許因爲挨近地中海正中，那不勒斯的天氣變幻比北部義大利更加無常，雨水時刻傾盆而下，把這種黃褐色洗染得更髒，有的地方你能感到黑色和灰色迫不及待地瀰漫出來、盤繞不去。但是在這種略帶陰鬱的背景前面卻是無比繁盛的人潮，這裡的男人飆車、角力、自顧自唱歌，時刻擺出水手或資深流氓的姿勢而便顯得酷酷；這裡的女人扠腰、挺胸、濃妝，彷彿隨時要來一段花腔女高音；這裡的小孩十歲就騎小型摩托以最高速橫越街區，身後還帶著一個八歲的小弟，他們對你的鏡頭吐

舌，對日本人說Ni Hao，對華人說Kong Ni Chi Wa，但都以最陰陽怪氣的語調，他們會控球扭過馬路，也會突然一腳把球向你猛踢過來。所有這一切都很剽悍、很張揚，只有老頭們無所事事且低調，各各占據路旁水泥墩看報紙，都像野鴿，都像退休教父，能夠從幫會裡每月領到自己的養老金就很知足了，背部的刺青，就讓它隨歲月漸漸萎縮、褪色去吧。

四周的老那不勒斯建築皆俯首沉默，唯有羅馬大街Via Roma但丁廣場上矗立的但丁雕像俯視這一切——生於佛羅倫斯、死於拉文納的但丁似乎和那不勒斯無關？只記得他老老師荷馬在史詩裡把那不勒斯西郊外一個地方比作地獄的入口，如此看來，但丁廣場正是紀念詩人的預言家角色。在旅遊指南上暗示的地獄就是附近的「西班牙區」，均說危險勿進，我走過它的每一個街口，只記得陽台上隨風飄的床單如舊蒸汽客輪上的萬國旗、無端高掛的鐵皮小丑憂傷起舞應和密布的塗鴉——那不勒斯的塗鴉是我見過義大利城市塗鴉水準最高的，西班牙區的又幾乎是那不勒斯最高水準，筆觸老練、想像力自由、內容辛辣，所以說塗鴉是來源於最草根混亂中滋長的惡之花此言不差，溫文爾雅的威尼斯的塗鴉也最文藝腔。西班牙區並不可怕，火車站加利波第廣場Piazza Garibaldi西邊的類似貧民窟的街區才眞正把我鎮住了，房子們疊床架屋、捉襟見肘，小販們見縫插針、螺螄殼裡擺道場，這是魔幻現實主義橫行的南美巴拉圭，還是香港廟街、哈爾濱老道外？我的鏡頭固然熱愛這現實繁複如另一朵惡之花，但是我仍然替這裡天天上教堂告解、天天給黑社會交保護費、天天看電視聽總理貝爾斯科尼吹牛的老百姓悲傷，他們在現世中唯一的出路就是那號稱全球最高額的樂透彩票。

少年們的出路也許只有足球，我又看見他、他、他帶球扭花躲過虛擬的敵手向前衝刺，我深深祝願他們能挨近虛擬的禁區爭取一個點球。當然還有另一個那不勒斯，比如在大學前的波希米亞區和林立的書店，有那不勒斯當代詩選和安那其運動指南；比如我們入住的旅館，沒有前台、從來沒有管理者或打掃的人出現，最後連收錢的人也沒有出現；比如我們每天吃的披薩心軟、邊韌，是全義大利最好吃的；當然還有碼頭擠滿的遊艇、郵輪，廣場上的林寶堅尼，誰也不知道主人是誰。

然而我還迷戀著一個超然其上的那不勒斯，那是遠處維蘇威火山發散的靜力所致。維蘇威火山的氣勢酷似富士山，縱然沒有後者的優雅悠遠，但威嚴和古樸均不亞之，關鍵是處處能見，就如浮世繪《富岳三十六景》，一個城市再如何墮落，只要有這麼一座山鎮著，就有懺悔的可能性，更何況它是一座活火山，曾經毀滅過輝煌如龐貝那樣的大城。當維蘇威火山的巨大陰影橫亙過蟻群般聚擁的白屋，喧鬧的那不勒斯彷彿剎那間安靜下來——然後又是暴雨降至，淋漓如天使唱詩。與此同時，越過諾沃古堡Castal Nuovo，海灣裡我感到大海在撤離，地中海彷彿急於離開此處，沒有留下一個海灘給它，只留下歷史考古博物館和龐貝古城裡壁畫的水幻境，一個消逝的古那不勒斯在裡面載浮載沉。而同時，壁畫裡還藏著春宮、潘神和生殖崇拜，提示著現實生機勃勃的那不勒斯之存在。

那不勒斯的大海送給我們一個意外的禮物，就在它的離島上，「離島」在那不勒斯顯得特別的「離」，不是那著名的卡布里島Capri和貌似傳說的伊色佳島Ischia，而是群島最小的一個普羅茨達島Procida。週日午，那不勒斯彷彿雨暫歇，我迫不及待地想要暫時離開這繁盛得令人窒息的城區，就選擇了最少遊客的普羅茨

達，乘快船前往。島上也是烈風暴雨剛過，旅遊書上說那些高低錯落的多彩房子依稀都褪色了，我徑直登上高處，烈風又起，我急於尋找一個海灘，然而路遇的老人如神仙指路，堅持要我去另一邊的峭岩下，說那邊風光更好，更Bella。

穿過一簇簇倚岩次第而下的小房子，到得一溜窄岸，是個小港。雨點又細碎地落下，我走進第一家酒館外的陽傘下避雨，身邊是一輛老式自行車，破鈴上還束著白花，頓時覺得這個意象似曾相識——這是一輛我見過的自行車？雨越下越大，我搬進酒館裡靠牆坐下，一抬頭看牆上照片——那不是詩人聶魯達嗎？他就在一個酷似這小酒館的門口，俯身向一個瘦高年輕人殷殷教導——《郵差》！我差點叫了出來。一下子電影彷彿在腦中重播：那枯乾長長

的下山路、那鱗次櫛比的漁人屋、那丁零作響的破自行車、寫著「Vino e Cucina」（酒與食物）的木頭牌子……向女酒保求證，的確，這裡就是電影《郵差》的拍攝地，這伶仃小島，曾承載了那麼蜜又含苦的關於愛情或者詩歌的故事。聶魯達的〈裸體〉手抄本掛在牆上，這首詩使電影中的郵差得到了愛情，更多的詩寫不下他爲抗爭而犧牲的生命。

郵差在古時叫信使，在世間傳遞幸福或者不幸的消息。那不勒斯，或者普羅茨達，你要向我傳遞什麼消息？地中海沉默著，維蘇威火山寬容地接納一切。浪漸大又漸息，夕光中回到那不勒斯港Molo Beverello，再去到諾沃古堡門前，博物館閉館了，凱旋門半掩著，我們在門上發現了一顆破碎的心——應該是二戰時盟軍的炮火所傷，在青銅門上恰恰形成了一個心的形狀，披露著後面的木石嶙峋。就在這時我彷彿明白了那不勒斯人的自暴自棄，生活在這座貌似被義大利、被「西方」遺棄的城市，自暴自棄是一個悲傷的立場，營造出那不勒斯的游離之姿，簡單地說，它游離了歐洲那一套浪漫美學。

一個孤絕的老頭博爾赫斯會喜歡這個那不勒斯的。這些髒水窪和斑駁的牆、增生僭建的建築、神祕的社會關係，催生另一種野蠻但是魔幻的南義大利美學？而這些色調、氣味和劇烈的愛恨就像龐貝廢墟的一切殘缺，隨著時間而圓融。這是拿波里Napoli，不是那不勒斯Naples！一天早上我爲它寫了一首詩〈拿波里黑童話〉，第一句「泥雨連夕，拿波里的一隻黑犬／彳亍在托勒多大街」被Google翻譯成：Mud rain even before, Naples, a black dog / Walk slowly in the Toledo Avenue，拿波里，就眞的成了一隻黑犬，潛行黑夜酸雨中，自由奔突無所畏懼。

羅馬的無題劇照

「他們目光穿透過我們，只要我們去看他們，

他們就會活過來。

這是神賜予我們這混沌被遺忘的村落的禮物。」

到底那一個羅馬才是羅馬？在神像的臉上明明是有著凡人的愛欲甚至悲傷，在鬥獸場的看客臉上明明有帶著眾神操縱命運時的任性和漠然，在地鐵站裡一閃而過，殘留在我底片上的少年影像，卻屬於貝尼尼天使佇列中墮落的一員。

然而羅馬並不拒絕攝影，相反地，她可能是世界上最樂意被拍攝的一個城市，廢墟們固然已經經歷數億次的顯影，隱祕的現在也毫不介意在異鄉人的鏡頭中重新構圖。羅馬人也是最習慣面對鏡頭的人，不知有意無意，他們即使被「偷拍」也總能擺出最酷的pose，在地鐵門上隨意一倚的男人就是一個執政院衛士的優雅，匆匆從電梯上回首一笑的女人是聖火貞女的自傲。

在羅馬我繼續拍攝我的「無題劇照」，這些來自最世俗的人物彷彿自薦般在我的電影裡出演著神奇的角色，「這些高貴浪漫的面孔突然在一個冬日早晨出現了，如

往常一樣都是在嘉年華會之前。他們出現在屋子前面、咖啡館的窗口、廣場上、火車站裡，目光穿透過我們，只要我們去看他們，他們就會活過來。這是神賜予我們這混沌被遺忘的村落的禮物。」費里尼在和喬瓦尼的對話錄裡說的這段話，正好是這些無題劇照的注腳。

曾經有三個人引導著我對巴黎的想像：波特萊爾、莫迪亞諾、戈達爾。如今是三個人引導著我對義大利的想像：費里尼、安東尼奧尼、卡爾維諾。費里尼的義大利，在欲望中鼓舞著超脫的快感，在霧中琢磨著溫暖的滋味，在馬戲團的膨脹大夢中，總有一個小丑皮埃羅醉語誦詩。安東尼奧尼的義大利，猶如在荒涼中撿拾金子，旋轉中全不辨世人的去處，最後抬首在夜的無盡迷宮深處，發現明月皓潔如初。卡爾維諾的義大利在層層虛構之中最爲眞實，文字如古堡的石磚永遠難以磨損，然而每個過路人的手印都爲它增加了一道神祕的花紋。

當我第三次來到羅馬的時候，正是羅馬機場的子夜，我在候機室裡迷夢片刻，得到了這樣的詩句：「四分一秒的夢遠航了四十海里／長髮氾濫如浪而世界依然碎語／我和費里尼瓜分了舊機場裡的濃雨／留下一個老天使，陪伴安東尼奧尼。」這個老天使和我一樣遊蕩在聖俗之間，無意在夢中拉醒羅馬那一千個教堂鐘的聲音。

光澤，無意慰人

追念策蘭與阿西西

而這最裸的手也就是最貧窮、不占有的手。

修士們在雪中嬉戲，搖一搖，雪花就遍布了玻璃球裡翁布里亞的天空。

雪安慰了清貧苦修中的孩子們，雪也安慰了古老的阿西西——跑不動的獸？

翁布里亞的夜。
翁布里亞的夜有寺鐘和橄欖葉的銀色。
翁布里亞的夜有你搬來的石頭。
翁布里亞的夜帶著石頭。

無聲，生命中飄升的，無聲。
裝進罐子吧。

從義大利回國，打開一個月前離開家時正在閱讀的《策蘭詩選》（孟明譯），驚訝地發現德語猶太裔詩人策蘭（Paul Celan）在一九五四年寫過這麼一首〈阿西西〉，這是開頭的兩段，一下子把我帶回我逗留最久的翁布里亞大省、我最後一個造訪的小城阿西西。

挨近傍晚，翁布里亞的教堂都會鐘聲陣陣不絕，而阿西西的最動聽、悠遠。也許是因爲那砌成整個小城的粉色石頭的緣故，提供了最細膩的回聲效果，聲音在石頭的細紋上蔓延；但也許就因爲阿西西是聖方濟（S. Francesco）和聖嘉勒（S. Chiara）之城，這一對宣導徹底清貧的聖者洗禮過的空氣分外純淨，鐘聲熠熠如夕陽的光波蕩漾，帶著橄欖葉的銀色。

而那飄升於生命中的無聲，是什麼呢？答案要在聖方濟和他的追隨者身上尋找，城外追逐金錢的人只擁有喧囂。聖方濟大教堂就在小城盡頭的一個小坡上，方濟的遺願，是死後將自己埋葬在阿西西一個最爲人所輕蔑的地方，那地方被稱爲「幽冥之丘」，原是罪犯遭處決的地方。封聖後的方濟遺體遷葬於此，這裡則改稱爲「天堂之山」。教堂外部是淡玫瑰色與白色相間的素樸，裡面卻是令人屏息的瑰麗——不能說華麗，它與梵蒂岡、威尼斯的教堂裡的奢華遠遠不一樣，我們看到的是一個連一個的內拱，花邊集結著頗帶東方色彩甚至迷幻的勾連紋樣，包裹的卻是一片一片純粹的藍，因爲光線的關係，這藍愈往裡愈深，最裡處演變成古奧的聖像壁畫，壁畫下面沿窄梯再下一層就是聖方濟之墓。

噓，靜極。修士、朝聖者和遊客都自覺凜然。聖方濟之墓是絕對的簡陋，一如他青年時代悟道、脫去身上所有華麗衣物一絲不掛地離開家庭，此時他亦是如此徹底地回歸到石頭之中，石棺周邊圍著石廓，再圍以黑鐵。我和妻向來都是無神論者，但我們對聖方濟卻充滿好感，我甚至覺得聖方濟的出現使得中世紀日益腐敗的天主教得到更新的唯一希望，他宣導徹底貧窮、修士不占有任何財產，僅領粗布連帽長衫一襲，雲遊化緣四方，就如中國托缽僧一樣。其實我們早在電影《玫瑰的名字》（*Il Nome Della Rosa*）中見過方濟會修士便是如此形象，教皇的使節自辯自己的奢華是爲了在世上顯示天國的榮耀，修士也不反駁，只默守其貧，是亦君子固窮也——這是「無聲，生命中飄升的，無聲。」

穿過聖方濟路直走向市中心，那裡彷彿又回到了更遠古的阿西西——基督之前的阿西西，羅馬時期的大浴池廢墟、羅馬帝國守護女神明內瓦的神殿殘存的立面，而我們不事稍留，繼續向阿西西之巔，羅卡城堡走去。羅卡城堡是當年要塞，如今冷落，並無進去的必要，但城堡四周卻是俯瞰翁布里亞平野之渺茫最佳位置，四野的景物聚攏而來。策蘭的詩後段有謂：

陶罐。
陶罐，上面嵌著陶工的手。

陶罐，被一個影子的手永遠封了口。
陶罐，打上了影子的戳記。
石頭，不管你往哪裡看，石頭。
讓那匹灰獸進來吧。

稍加聯想，剎那明朗。這坐落於義大利綠色心臟之中心的阿西西古城，莫不像這個陶罐？它與四周山野的關係，就像另一首著名的詩，史蒂文斯（Wallace Stevens）的〈鋯子軼事〉（陳東飆譯）所寫：

荒野向它升起，
在周圍蔓生，不再荒野。
鋯子在地面上渾圓
高大，如空氣中的一個港口。

此時，即使廢墟如羅卡城堡，悲風如平野上游蕩之獵獵，也恍惚在古城自身的存在中獲得了存在的秩序。更遑論中世紀阿西西那一段血腥歷史（它因爲效忠教皇而與鄰近城邦爭戰不休），也在這個陶罐中封緘了。而這頭「灰獸」也許就象徵了這些悲傷的歷史——它同樣反覆發生在策蘭的生命中，他二十二歲時父母便死於納粹集中營、卅四歲時兒子夭折、五十歲時自沉於巴黎塞納河——它渴求著沉靜、安然的石頭的接納。

山坡的另一面不遠處，就是和聖方濟大教堂一樣淡紅夾白的聖嘉勒教堂，它和聖方濟大教堂的對應，不但是方位和外貌上的，更是感情上的。S. Chiara聖嘉勒——這是官方譯名，其實我更願意譯她爲聖奇婭拉，我在來阿西西之前寫詩一首，裡面有句：「悲傷屬於馬背上的琴格，噴泉屬於百合／我屬於奇婭拉：風蹓躂於細瓦。」此時風正蹓躂於聖嘉勒教堂的細瓦上。聖奇婭拉原本是一位貴族之女，一二一二年邂逅已出家的聖方濟，爲之感動而追隨他走向清貧修行之路，創立「貧窮修女會」，死後被封爲聖女。教堂裡存其遺像，狀甚溫婉、雅靜，教堂地下是她的墓葬，比聖方濟之墓稍多裝飾，而她的遺衣如聖方濟的遺衣，上面也結綴著補丁，但是比聖方濟的縫得好看——畢竟是女孩子。後世墨客編寫的戲劇中，說奇婭拉原本傾心聖方濟，後來把對他的愛情昇華爲宗教之情。固然這帶著浪漫主義的一廂情願，但要這樣理解亦無不可，大愛完全應該容納小愛，因此愛才能「驅動日月星辰」（但丁詩）。

跑不動的獸。
跑不動的獸，在最裸的手播撒的雪中。
跑不動的獸，在一個砰然關閉的詞面前。
跑不動的獸，來吃手裡的睡眠。

策蘭接下來寫。令我回想那天站在羅卡城堡俯視白色、玫瑰色的聖嘉勒教堂等等，豈不像點點薄雪遍灑於春野？而這最裸的手也就是最貧窮、不占有的手，是方濟和奇婭拉之手，阿西西的大街上有出售玻璃球，球中是雪中的聖方濟大教堂，修士們在雪中嬉戲，搖一搖，雪花就遍布了玻璃球裡翁布里亞的天空。雪安慰了清貧苦修中的孩子們，雪也安慰了古老的阿西西——跑不動的獸？

但是策蘭最後說：

光澤，無意去慰人，光澤。
死者——他們仍在行乞，弗蘭茨。

弗蘭茨是策蘭第一個孩子的德語名字，孩子於出生次日夭折。在西文中，弗蘭茨讀音與聖方濟之名相近。本詩作於一九五四年初，策蘭喪子不久。雪的光澤無意安慰人，人卻能夠從中乞取此微的安慰嗎？在最裸的手播撒的雪中，我們仍然尋問著，策蘭、阿西西都安慰了我們。而策蘭呢？他一生都如灰色的獸在尋問，最後跑不動了，終能在這神祕的手中吃下永恆的睡眠。

他們談論東方時 談論的是什麼

當他們談論東方，關於我們，

他們也只能說廢墟屬於中國嗎？

我們在廢墟中埋藏的奇異種子，

也許在他們和我們都全然遺忘的時候才能結果。

在義大利遊歷數月，想不到在最後一站米蘭頻頻遭遇「東方」，但那是一個中國缺席的東方。在米蘭的最後一天上午，我們去到當代藝術博物館，正好是莫內的睡蓮特展。睡蓮二字很東方，但是它的英文名是Water Lily，既不睡也不蓮，更不東方——我迷失在一屋子莫內的色彩氤氳中，開始琢磨東方問題。莫內的小睡蓮池中彷彿顯了世上一切的氤氳，但是氤氳二字亦然非常東方甚至中國，莫內是偶然在自然中捉摸它出來的。都知道莫內受日本浮世繪影響甚大，米蘭的展覽也特意點出這一點，從入口的枯山水到與睡蓮油畫一幅幅並列展出的歌川廣重、葛飾北齋的浮世繪，然而浮世繪並不氤氳，它們清朗或者稍帶點曲折，幽然甚至詭異，沒有中國山水中的氤氳。

莫內卻有，他的世界不斷從明媚中回歸混沌——這是義大利或者日本都不解的混沌，浮世繪依賴構圖和線條，明確如前現代主義攝影，而在莫內的繪畫中，微細筆

NOBUYOSHI ARAKI

觸和色彩間的過渡已經構成更複雜的構圖，這一點，黃賓虹明白！當代歐洲人倒不明白。那暫停的一刻，東方叫作橋，莫內也傾心於此，西方的橋是用來過的，日本的橋是用來看的，中國的橋卻是讓人走到橋中央，一時回首不辨南北的。

因此此橋也取消了它溝通的隱喻。在米蘭的中午，我們去見一個素未謀面的義大利自由撰稿人，他一直寫關於東方藝術的評論，知道我們要來米蘭，故約一見。他遞上名片，上面竟然有日文片假名注音的他的名字。針對我香港人的身分，他特意點出「國」字在日語裡寫作「国」，認爲這是日本文化清簡的一個形象表現，我們告訴他中國簡體字也是這樣寫的，他稍稍吃驚，他肯定不會因此認爲如今喧譁的中國文化也崇尙清簡。我們談到日本藝術，他如數家珍，斷言我定喜歡荒木經惟，但他不喜歡荒木，因爲他「如傳統日本人，看而不觸摸，荒木則是觸摸而不看」。談及中國，他只讚美中國的飲食，他認爲眞正的中國在日本；談及香港，他知道Kungtung Opera和Dem Xim（粵劇與點心），並且念念不忘荷里活道的關帝廟。但有一點，他很當代中國，午飯進行到一半，他就突然提出：我們不如合作點什麼吧？

不知道爲什麼斯文如我者，竟被義大利人聯想到荒木，也許他並不知道可供比喻的中國攝影師。晚上我們就遇上了荒木，米蘭南郊一個電車總站旁的畫廊舉辦了日本當代攝影展，裡面有東松照明、杉本博司、森山大道等等日本攝影大師，而展出作品最多的當然是荒木經惟。由一張他和陽子的結婚照開始，展出了他的成名作《感傷之旅》和九十年代的《冬日之旅》，分別是關於和陽子的蜜月旅行以及陽子臨死前的記錄，看過電影《東京日和》的人都知道，這是荒木最充滿愛的兩組作品，前者拍攝陽子在小舟上晝眠的一幅、後者拍攝荒木手執陽子插滿輸液管的手的一幅，都是詮釋攝影師與被攝者關係的經典作，而這次展出的最後一幅，荒木和陽子的貓在大雪的陽台上跳躍，攝於陽子葬禮後一日，無比淒清寂寞，所謂「物哀」洋溢其中。策展者沒有選擇荒木震撼西方人的那些虐戀、性工作者題材，而選擇了這麼含蓄的兩組私攝影，明顯地是傾向於肯定「傳統日本人，看而不觸摸」的那一面。

意料之中的，細江英公刻畫唯美與尚武混雜精神（所謂菊花與劍）的《薔薇刑》、森山大道捕捉日本人陰鬱一面的《東京劇場帖》等都沒有遺漏地占了重要位置。意料不到的，是中國並沒有在如此日本的一個展覽中缺席，我赫然碰見了宮本隆司拍攝的香港九龍城寨及其廢墟，這個香港長期的灰色地帶，三教九流混居其中，無論建築亂象還是社會結構都繁雜如迷宮，沒有多少香港攝影師和西方攝影師從藝術角度關注過它，唯有宮本隆司拍攝出了它生如廢墟、死如森林的矛盾意象，並從中暗示出廣東人那種異常的生命力。

我在當天日記只記下這一句：「想不到在米蘭遇見宮本隆司拍攝的九龍城寨，藝術屬於日本，展覽場地屬於義大利，只有廢墟屬於香港。」當他們談論東方，關於我們，他們也只能說廢墟屬於中國嗎？我們在廢墟中埋藏的奇異種子，也許在他們和我們都全然遺忘的時候才能結果——關於中國文化在西方的被忽略，如果要自我安慰，恐怕只能作如是觀。

【義大利詩抄】（九首）

羅馬

七萬個天使白天拉升羅馬
不讓它墮入夜；夜裡移動羅馬
不讓它停息於月光的靜波，和鐘聲中。
鐘聲中，七萬個過路羅馬的人在做愛。

魔鬼的愛遁形於帕拉蒂尼山，
今天只是廢墟恣肆，陽光野愛。
羅馬！我不能爲你寫一首彼得拉克十四行。

路在散開，羅馬行貓步。她在新移民
的臉上重新找到羅馬：特魯米尼
賣短裙的溫州姑娘、特萊維噴泉外
賣肥皂泡的開羅人——他下班就脫去法老金裝。

我知道他們是克妻巴特拉的遺孤、
神祕守護：九座方尖碑白天釘住了羅馬
施加詛咒；夜裡塗鴉著羅馬
篡改地圖，讓凌晨的天使找不到掉落的羽毛。

羅馬！我只思念著我荒誕的歌隊
他們到此追隨著斯巴達而亡。
星星的口涎不能止渴，羅馬！整整一夜
我只思念著，那個乳下有傷疤的人。

二〇〇九・五・九羅馬
至五・十二佩魯賈

梵蒂岡

我聽見一個托缽僧和另一個托缽僧討價還價
討論梵蒂岡能否抵押一個里拉
那天我是聖彼得廣場上唯一一個喝醉的人
鴿子博士偷偷替我安上了發條翅膀。

我哭泣，我是終生不能站上柱頂的猶大
市聲鼎沸，荊棘混同了沙拉的羅勒
彼得光滑的銅趾上傳來幽香
雞鳴三響，我終於未能認出你道別時的模樣。

佛羅倫斯

在但丁之國遠離但丁，佛羅倫斯最遠。
繁花吃掉了聖母，廣場上百鬼夜行。

二〇〇九・五・八 梵蒂岡
至五・十二 佩魯賈

俾德麗采不是唐婉，不知道沈園——

我們也來說一聲莫莫莫（Amo Amo Amo）
我愛我愛我愛。百軌夜行，彙聚於亞平寧
的地獄。但丁斂翼，捂住肺腑：一塊翡翠。

他宴請我在維奇奧橋陽光下吃雨，
用他五臟典當所得。那旋轉寰宇的熱和冷
僅售四歐羅。千層面實有九層。

俾德麗采也不知道我，祕密爲她多寫一行。
天堂就是錯錯錯（Ciao Ciao Ciao），
翻譯過來就是你好，再見，再見。

二〇〇九．五．十六
佛羅倫斯至波隆那火車上

威尼斯

這歐洲的客廳，客人早已太多。
海鷗詛咒，教堂打花傘在海面散步，
商人們仍要放高利，如今賭的不只是心。

我有自創的十四行體，聖馬可之痲布。
疼痛地臥進勃朗峰的乳溝、倫巴第
的腹地、異母的錯位子宮。

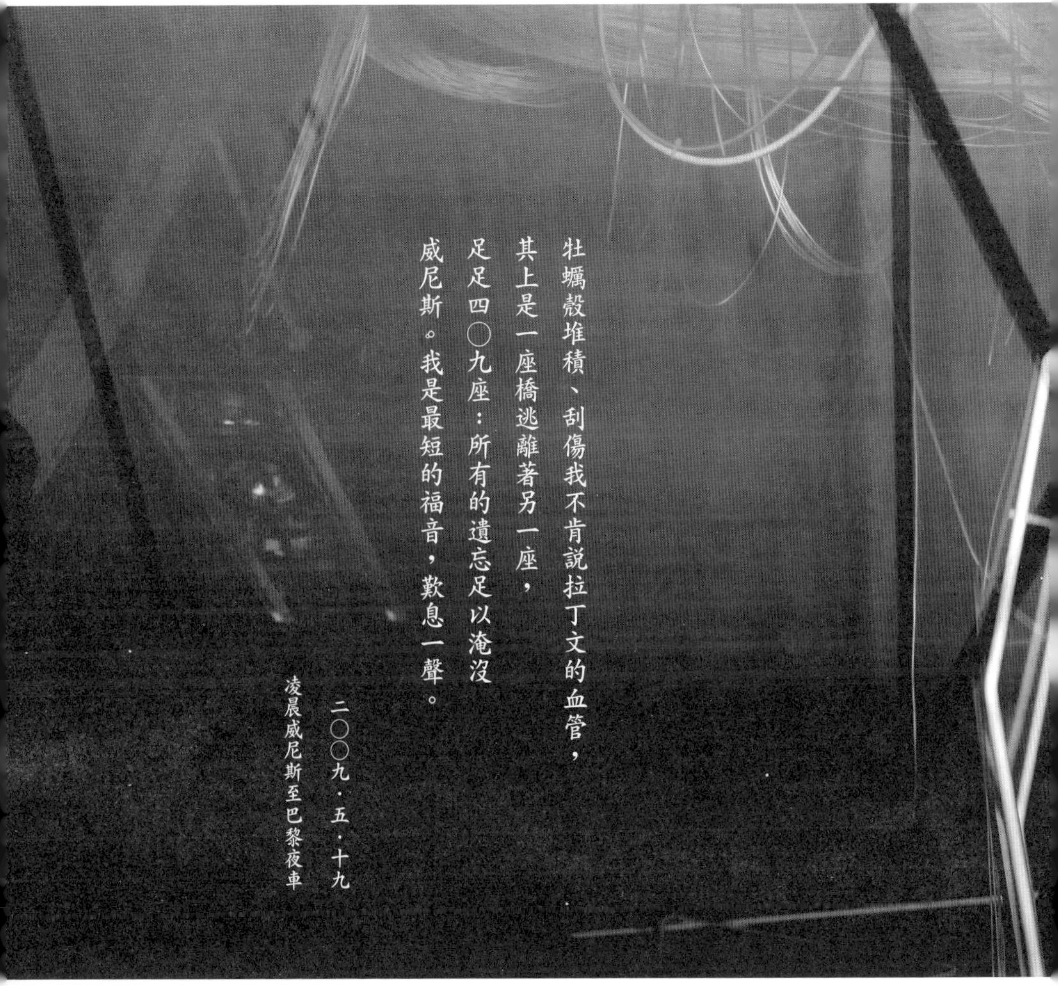

牡蠣殼堆積、刮傷我不肯說拉丁文的血管，
其上是一座橋逃離著另一座，
足足四〇九座：所有的遺忘足以淹沒
威尼斯。我是最短的福音，歎息一聲。

二〇〇九．五．十九
凌晨威尼斯至巴黎夜車

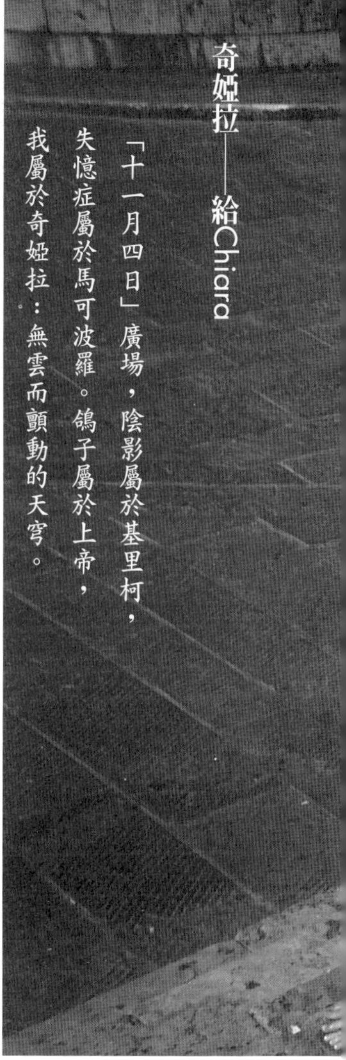

奇婭拉——給Chiara

「十一月四日」廣場，陰影屬於基里柯，
失憶症屬於馬可波羅。鴿子屬於上帝，
我屬於奇婭拉：無雲而顫動的天穹。

奇婭拉是方塊字的奇婭拉，
她記得，我姓氏中的十四個筆劃
翩翩斜下左右，遠勝拱扶垛。

我感謝我是Cinese：匈奴色。
看不見的佩魯賈屬於大夢的可汗，
悲傷屬於馬背上的琴格，噴泉屬於百合，
我屬於奇婭拉：風蹓躂於細瓦。

二〇〇九・五・二十六
佩魯賈

石頭城裡聽〈石頭記〉

深院內舊夢復浮沉
——達明一派〈石頭記〉

這些小石頭神仙也波動、挪移
從我口中唱的，它們都記住。

光熠熠世界也堆雪成灰，灰中懵懂
裴路迦是雕版金陵，金陵

是黑浪渺渺拓印石頭城。
我在石頭裡述夢，我是石頭夢中青魚，

一輪下弦月升起在我水底的村莊——
借鏡身、鱔男子、蓮花心。

誰嚼豔黃的蓮子殼、連絲苦梗？
小沙彌名叫呼咪者，夜夜在我醒來前
敲門化緣：石頭神、石頭神、睡小雲，
奏孤單鐘當當，飲芭蕉露茫茫。

二〇〇九．八．二十
裴路迦（佩魯賈）至波隆那火車上

但丁墓前

濃蔭下沒有地獄，天堂
也像松針尖上的泡影。
一個藍裙子中年管理員彎身
是你的全部：俾德麗采或背臉的神。

我們理所當然飾演鬼魅一角、
你鏡中殘餘，汲汲於烈日中喜劇，
在自己的呼息中一吹而散
如西羅馬廢帝，夢見馬賽克中流水、

鑠金。字被編進黛色的山岡、
銀色的星辰、黃金小花莖，
血不成墨，你有一塊凝聚石紋的寫板
也凝聚了橄欖樹梢的晨霜。

它承受了左手的左，承不住右手的右：
一枝筆在雲上階梯假裝歇息
筆桿的羽毛來自不存在的天使
存在的她摸摸藍裙子上綻露的線頭

一小片夜色安慰著她全部的煉獄。

二〇〇九・八・二十一 拉文納但丁墓
至八・二十二 作於費拉拉失眠之晨

費拉拉——尋安東尼奧尼不遇

有了波河平原的芥末霧
就有了費拉拉鹽漬的石頭夜路
有了人在石頭海裡開門關門
有了你最後在赤裸沙漠裡的不言語。

現實如貓，在不現實的死者之間兜圈子
我們不再在中國尋找中國
你也不再在夜中尋找夜
不在腐蝕中尋找這個世界的福馬林液。

而我們竟不再在愛中尋找戀人
不在戀人中尋找哭笑、台詞
石頭浪拍打乾燥的空氣，鑽石宮的尖防垛
模仿鑽石，我們不溺於威尼斯，溺於費拉拉。

你是墓地裡的不失者，也許在草叢中
燒火夜獵。每一個死者都有一條蜥蜴
尾巴掃去面孔。每一條蜥蜴
都有一個死者，唯我獨無。

無城中狂歡節的彩衣魔笛手
無我們滿世界的浪蕩兒
無人在石頭海裡開門關門
無你駕靈車帶我往霧中、辣出閃電來。

二〇〇九・八・二十三
費拉拉墓地裡尋安東尼奧尼墓不獲
八・二十六侵晨作

CANNEVA

拿波里黑童話

泥雨連夕，拿波里的一隻黑犬
彳亍在托勒多大街，
臉上戴著出土面具、非哭非笑。
牠時而走上人行道，
最終還是回到車道的邊緣
紙皮、菸頭和塑膠袋的堆積處，
在那裡碎步、齜牙、如雷殷殷。

泥雨連夕，拿波里的一個老婦
在聖塞維羅教堂裡轉圈。
她時而抬頭，用邪眼打量
遊客的鏡頭，時而默默詛咒，
最終她還是隱身在名爲「謙卑」的女像
尖翹乳房的陰影下，
在那裡碎步、齜牙、如雷般般。

泥雨連夕，拿波里的一個教父
已經退休，三間披薩店
是他的所有，他的刀疤在鼻樑上，
刺青在乾洗店，一個肝留在
巴勒莫的黑醫院。晚上他化身蚊子
在鄰居的旅館流連，親吻著青年的大腿
在那裡碎步、齜牙、如雷般般。

泥雨連夕，拿波里的一個旅館

漂流了三天，是誰按下這沖水閥？
是誰站在但丁廣場的柱頭
不斷把閃電擰滅擰亮？
拿波里卡在地獄的排水口，被黑暗
羅勒所纏，在一刹那他身披睡衣
冒充但丁，把龐貝描述爲天堂篇，
然後在那裡碎步、齜牙、如雷般般。

二〇〇九・九・十五晨
拿波里

巴賽隆納變形記

高第的想像就如恣意的大海湧進開放的巴賽隆納城，

在此風雲變幻、高峰突起，彷彿要把人世一切掏空送上天空中去，

我也只是龍捲風中不能自持的一粒種子。

在喬治·歐威爾（George Orwell）盪氣迴腸的《向加泰隆尼亞致敬》一書的開頭，他寫道：「我參軍前一天，在巴賽隆納的列寧軍營裡，我看到一個義大利民兵……」列寧軍營，這個詞的出現突兀而巧妙，我讀之會心一笑，因爲去年我在巴賽隆納遭遇的第一個詞，也是列寧。

飛機從米蘭旁邊的貝伽莫出發，繞過庇里牛斯山脈沿著地中海的西北角轉彎，夕陽迎面，第一眼看見的西班牙地貌是綿綿清遠的、又似比義大利更雄壯。從吉羅納機場坐車去到巴賽隆納北站，再背著大包走到預定的Hostal Plaza所在地址，竟然是一棟廢樓，我倆正恍惚之際，耳邊傳來西班牙語發音的一個中國人名字，原來是在叫我們——一個帥氣的西班牙少年二話不說把我們拉上一輛計程車，把我們劫持到了列寧旅館！

Hostal Plaza是列寧旅館的釣魚網站？我一度懷疑，但看見那極其「早古」的大門旁邊寫著Hostal Lenin，我不禁笑而釋然，好吧，我承認我有十月革命情意結。正如歐威爾的列寧營，這裡待的也是雜牌軍，接待處的老小夥子粗壯而神氣，應該是個加泰隆尼亞人，用不算蹩腳的英語向我們解釋了這次綁架行動，安排我們入住樓梯旁的房間，木頭窗戶開向幽深的大門天井，床頭是一幅東正教小聖像，我們幾乎馬上愛上了這裡。

在列寧旅館
你不是冬妮婭，我也不是阿廖沙
但昨夜，國際縱隊狂歡如革命之夜
只有那中國同志醒來，爲這晨光一哭

加泰隆尼亞的晨光
六隻鴿子死在六條廉價航線上
加泰羅尼亞的晨光
海邊的亞洲姑娘仍在叫賣苦味的海洋

我在列寧旅館，夢見了阿拉木圖
無人雪橇在漫長雪線上流亡
我夢見了沃羅涅日，蠟燭仍在風中搖晃
北京的晨光，撞向了愛之行刑隊的長槍

在列寧旅館，我出租著我二十歲的心
給胡安或讓娜，阿廖沙或冬妮婭
給每一片尖聲吹口哨的橄欖樹葉
給木樓梯上黑皮靴喀嗒的黑夜！

那採摘罌粟的手，也採摘了拭血的雲
那揮舞黑旗的手，也驅駛了白色的靈車
當安那其們都醉在列寧旅館
列寧一人在晨光中打掃這苦味的海洋

加泰隆尼亞的晨光
六隻鴿子的屍體好像六段新芒

加泰隆尼亞的晨光
海邊的亞洲姑娘仍在叫賣她苦味的乳房

這是我最後一天從列寧旅館醒來的時候寫的詩〈列寧旅館歌謠〉，這之前的幾個晚上，我們偷偷探索了列寧旅館的每個角落，發現了它無處不在的木頭小豬和俄羅斯列賓畫院風格的少女肖像；在它後院露台上數著那些八角形的老玻璃窗喝啤酒；當然還有那些舊得不能再舊的傢俱和再也沒有人讀的俄文書……我突發奇想，這裡是不是一九三〇年代那些占領巴賽隆納的共和國戰士們的後裔所建？他們曾經相信列寧和國際縱隊會改變其時腐朽不公的西班牙。

上網查找列寧旅館，看到它在另一個世界裡的鏡像：「我在蘇克海雅斯基大街附近一家叫作『列寧旅館』的地方住下。那幢老樓有著沉重巨大的木門和亢啷作響的電梯，在俄國大革命前，這裡曾是有錢人家的高檔公寓；大革命時期，這些人作鳥獸狀四散而去，空蕩蕩的大房子裡滿地都是來不及帶著走的信箋、書籍和關於過去生活的印記。」那是在莫斯科，另一個讓人緬懷虛構的革命情懷的地方。

歲月恍惚，我在很蘇維埃風格的白棉布大沙發中抬起頭，只裹著一條大浴巾的法國女孩蹬蹬跑過，長走廊盡頭是酒杯相碰和電子樂，提醒我這裡是巴賽隆納，一個更相信安那其的狂歡、而不是列寧的冷峻的城市。列寧和革命，只不過是它在二十世紀一系列摩登變形的一環。

走出列寧旅館，向左向右，都是迷夢般變形建築：左邊是巴特羅之家（Casa Batlló），右邊是米拉之家（Casa Milá），作者都是同一個：安東尼奧・高第 Antonio Gaudi。高第是人類在建築上幻想的極致——二十年前還是中學生的我就這樣想，並且發誓長大後一定到巴賽隆納朝聖去！現在高第的藝術品就近在咫尺，奇麗如深海老貝、長滿了珍寶的殘骸，我卻失語近乎墨魚睜目結舌。更何況關於高第的描述和抒情汗牛充棟，我又夫復何言呢？文字的華麗襯不住這些比洛可可還洛可可的細節，而關鍵的是它們並不是人力能爲的洛可可，而是生長的自然本身，自然，自然即奇蹟。

但是我還是想記下幾個我所窺見的瞬間，它們記下了巴賽隆納的變幻。陰霾的濃雲下，米拉之家的煙囪騎士們彷彿捲緊了禦寒毛毯的涼山彝人，這又讓我想起了歐威爾孤絕困守於阿拉貢高地上的戰士，「我們陣地上的大約一百人，總共只有十二件厚外套，這些外套必須在崗位上相互傳遞，大多數人只有一條毯子。」雲影彷彿佛朗哥的炮彈不斷落在他們身上，但轉瞬間陽光乍現，原本灰沉的盔甲突然閃現虹彩——但是旋歸昏暗，正如歐威爾的同代人夸西莫多（Salvatore Quasimodo）所寫：

每個人
孤單地偎依著大地的心
裸露於一線陽光
瞬息間是夜晚

而在巴特羅之家的電梯間，我們如水底游魚，讓光穿透厚薄不一的大琉璃帶領我們上升；又如鯨魚肚子裡的約拿或皮諾丘，點燭、生活於一個神獸的內部——那旋轉的天花板豈不是它的肚臍眼？甚至這是一朵浪花的內部，我們可以看到水滴的背面。我在巴特羅之家的留言本寫下了一個朋友的俳句：

海進城，一浪一浪，進得慢

高第的想像就如恣意的大海湧進開放的巴賽隆納城，巴特羅之家是前端的浪頭，米拉之家是安靜下來的潮汐、海帶輕搖，古爾公園（Park Güell）是瀰漫的一片漩渦，聖家族大教堂則是海面上陡然聳起的龍捲風！

在古爾公園，那條著名的變色龍正是象徵物中的象徵物，象徵了巴賽隆納的變形，蜿蜒流動於眾多色彩之中，歷史上羅馬人、哥特人、摩爾人、法國人、阿拉貢人都統治過巴賽隆納，後來又經歷過保皇黨、左翼政府、無政府主義者、佛朗哥等，巴賽隆納似乎都能嚴守自身的加泰隆尼亞氣質：有點瘋狂、有點怪誕、有點嚴肅、又有點唯美，就像我們在加泰隆尼亞博物館看到的聖跡畫一樣，充滿了血腥和暴力之美，又消弭在塵世生活本身的韻律之中。

這種矛盾氣質也見於高第身上，古爾公園中有高第故居，他的床是最令人驚訝的展品：極其樸素簡單，僅能容一人躺臥——然而這一張窄床上卻有人作了彌天大夢：他夢見了聖家族大教堂的繁花盛苒種種！關於高第聖徒般的晚年（實際上他死後也獲得了教會封聖）有傳說許多：吃住在大教堂工地、遇車禍時衣衫襤褸所以沒人救治、被送往貧民醫院後來卻不肯遷出，說我要和窮人在一起……不知是否可信，卻折射了一般人對一個天才的期許，天才是要有曲折逸聞的。但我更相信高第和塞尚一樣是個刻苦的藝匠而非宗教狂人，否則他無法承受重現一場大夢的耐心和壓力。

所以我相信聖家族大教堂東立面耶穌誕生圖這組巨大的浮雕中，其中一個不起眼的角落裡的一個匠人就是高第自己的寫照，這是一個沉靜少年，眉目低垂，左手緊執鐵錐，右手舉起了錘子，身前是堅固的車床，但他的頭髮在風中起伏，隨時要融入肩上上百隻騰飛於石柱之間的鴿子！這是沉重的夢，也是盛大的夢，最後這些人類的憂傷與熱望、痛苦與脆弱、蠻橫與夭折，統統在石頭夢的漩渦中上升上升，甚至越過耶穌的受難與加冕，到達一棵靜謐之樹的樹冠上。然後，眾天使吹號了。

其餘，關於聖家族大教堂這個也許是人要向神靠近的最偉大嘗試，我無言。高第之大海在此風雲變幻、高峰突起，彷彿要把人世一切掏空送上天空中去，我也只是龍捲風中不能自持的一粒種子。

也許最終收納這大海的，是巴賽隆納城一端的「海之聖母大教堂」，這座護佑海員的老教堂，原來也許就靠著海邊，就像它在東方的鏡像「天后廟」一樣。環柱叢叢，在高空結聚一個個華蓋，卻如它的灰牆一般謙卑、不搖晃，和高第的生生不息相反，它們不生不滅；中心的聖母抱子像是明顯的加泰隆尼亞風格——一個拙如村婦的聖母，襤褸而凝重，一如畢卡索藍色時期畫作中那些窮人（高第最終與之同歸的窮人），小小地亍立在石頭海的中央，卻讓人心安穩得像她懷中嬰兒。我的愛人在她面前哭泣了，但沒有告訴我是爲什麼……

巴賽隆納眞正的海就在不遠處，海岸線上一字排開，都是憂鬱地眺望海洋的人：

他有個肥皂的舌頭，
洗掉他的話又閉了口。

大陸平坦，大海起伏，
千百顆星星和他的船舶。

他見過教皇的迴廊，
古巴姑娘的金黃的乳房。

他對著海凝望。

羅卡（Federico Garcia Lorca）的〈兩個水手在岸上〉我熟稔在胸，陪我沉吟著踱步在海邊的黑沙上，地中海上日將沉，巴賽隆納到此應該不再變了吧？即使遠處是一九九二年奧運會留下的後現代建築和雕塑。迎面走來一東方女性，神祕地微笑著和海灘上的白人推銷什麼——

不安的少女，你賣的什麼，
要把你的乳房聳起？

——先生，我賣的是
大海的水。

這是羅卡的〈海水謠〉。來自安達露西亞的長風獵獵，海灘上的男女跌撞如醉漢，夕光中、鐵箱子塔Homenatge a la Barceloneta下面，沉默的一群黑人在踢球，明顯他們不是皇家馬德里的風格，有人從大海歸來，撿到上世紀的一只酒瓶，有人抱著嬰兒站在黑浪中，有人在玩耍他手上的玻璃球，像個魔術師，拋起又接住旋轉那永遠不會跌落的玻璃球……巴賽隆納也在此晚夏的微熱中醉去了。夜遲遲不願意降臨，年輕的塗鴉手在加泰隆尼亞博物館的柱子上寫下Catalònia is Not Spain，那要等明天早起的我才能看見。

鞍囊裡還有青果

從哥爾多巴到塞維拉

伊莎貝的吉他手Mariano Campall的琴聲如訴，

箇中滋味，也許只有羅卡那位騎著消瘦黑馬悵望紅月、

伸手在囊中摸索最後一枚青果的騎士知道。

還沒有去哥爾多巴，二十年前我就對這座西班牙南部安達露西亞小城充滿嚮往。
中學時代的我，在一本戴望舒的譯詩集裡碰見這個羅卡的哥爾多巴城：

哥爾多巴城。
遼遠又孤零。
黑小馬，大月亮，
鞍囊裡還有青果。
我再也到不了哥爾多巴，
儘管我認得路。

穿過平原，穿過風，
黑小馬，紅月亮。
死在盼望我
從哥爾多巴的塔上
……

這首貌似童謠的詩裡卻充滿了荒涼又不祥的意象，卻因此有了一種神祕的魅力——來自命運、死亡。最美麗的一句是：「黑小馬，大月亮，鞍囊裡還有青果。」二十年後我慶幸戴望舒把西文的Aceitunas翻譯爲「青果」而不是橄欖，除了因爲在意象上它呼應了小馬的黑色和月亮的紅色——就像一幅米羅的畫一般，還因爲它改寫了我對橄欖頑固的童年記憶。

從小愛吃橄欖——當然只有機會吃中國的那種：無論是醃製的鹹中發甘的橄欖果，還是廣東特有的「欖士」，在物質貧乏的七十年代末均屬佳品，尤其是後者，黑色的橄欖乾被水一蒸，油光閃亮，放在濃稠的潮州式白粥上一對比，無論顏色還是味道都特別開胃。八十年代，聽到齊豫的《橄欖樹》，看到三毛的西班牙流浪記，歌聲與文字中出現的「橄欖」，讀者如我在腦海裡出現相配的意象都只能是童年的飢餓。

這種飢餓也是情感上的飢餓，齊豫和三毛的浪漫怎能和我面前的一枚橄欖連線？兩個四海漂泊的女性形象怎能和一個粵西小鎮少年無法饜足的想像力連線？所以日後羅卡的騎士一下子打動了我，令我絕望：「我再也到不了哥爾多巴，儘管我認得路。」直到九十年代在必勝客才遇見哥爾多巴／地中海的aceitunas零星幾粒鑲嵌在毫不地道的批薩上，原來它眞的是青色的，咀嚼間脆且軟、微鹹微酸，裹在起司中與後者的肥膩對抗。

又直到今年去到義大利翁布里亞，吃到地道的義大利沙拉——完全沒有什麼沙拉醬千島醬統一你的味蕾，有的只是純粹的地中海橄欖油和小橄欖Olive在羅勒菜Basilico背後散發清幽。然後，我們從翁布里亞啓程、到米蘭轉機到巴賽隆納坐小飛機、到格林納達、最後坐四、五個小時的汽車去到「遼遠又孤零」的哥爾多巴城！

在安達露西亞平原昏昏欲睡的午後、搖搖晃晃的汽車上，我寫了一首〈安達露西亞路上謠〉，開頭就是：「從格林納達到哥爾多巴／四億株橄欖樹佇立這曠野／四億朵鬱卒的雲！」因爲舉目所及，漫山遍野都是橄欖樹、橄欖樹，就像一場大夢，綠樹和黃土間錯有致如棋盤，平原低坡緩緩升降，風也緩緩吹過，安達露西亞白亮的陽光在碎葉間顫抖。過了瓜達基維河，原來哥爾多巴已經是一個時尚大城，商業街上空橫拉著布幅爲下面來往的衣香鬢影降溫，入夜後廣場和街角都站滿了把酒閒談的男女，遼遠又孤零的只是瓜達基維河對岸的塔樓，以及我的少年夢。

猶幸哥爾多巴密密麻麻的白房子街區包圍中，大清眞寺Mezquita肅靜依舊。多興奮的遊客走進它那千根石柱組成的森林裡都會噤聲，如抬頭環視那一個接一個跨向無限的紅白相間馬蹄拱，那就只有歎息——歎息美是如此超越塵寰的想像。從Mezquita出來，人是無法接受現實的，因爲完美秩序帶來的神祕讓人眩暈。我們覓得一家小酒吧落座，又點了一份Tapas套餐，Tapas就是安達露西亞的特色，可以叫點心，也可以說是下酒菜，因爲它源自把一片麵包或肉蓋在雪莉酒上，以防戶外用餐時甜酒味招來的蒼蠅——Tapas，本來自西語的「蓋子」。現在Tapas已經成爲遊客、也是我們在西班牙一路上的主食，它花樣繁多，有的酒吧在門口豎牌炫耀自己擁有的一百種搭配。但我最喜歡的只是其中最樸素的一種小菜：來自Andujar的橄欖用大蒜、牛至、胡椒和醋混合浸泡而成，Aceitunas夾在被我們戲稱爲西班牙花卷的白麵包裡吃，味道被中和，食時五味雜混，食罷嘴中僅餘清香。

橄欖之於西班牙人，猶像檳榔之於台灣人一樣吧，所以羅卡的騎士，他的鞍囊裡一定要帶上「青果」Aceitunas，就像台南的司機在駕駛座旁放一包檳榔，它不斷提醒騎士路途的消耗，鞍囊裡的青果吃完時，也就是哥爾多巴城樓上的死神看見你的時分。我路過了哥爾多巴，解鞍少駐初程，第三天就坐火車去了佛朗明哥舞之鄉塞維拉，在那裡我寫了一首〈依莎貝舞佛朗明哥行〉，中間有句：

他的吉他吃了一枚青果
他的右手連撥著我的琵琶

寫的是伊莎貝的吉他手Mariano Campall的琴聲如訴，如不是經年常啖青橄欖之味的男人，是彈不出這如許低迴苦澀的旋律的，箇中滋味，也許只有羅卡那位騎著消瘦黑馬悵望紅月、伸手在囊中摸索最後一枚青果的騎士知道。九月七日夜於塞維拉觀Isabel Lopez跳佛朗明哥舞，覺得她有公孫大娘舞劍器之勢，歌者Jesu Corbach的唱腔竟也令我想起西北秦腔，然低迴處過之。於是在這詩中我同時幻想了一個唐朝青年與一個安達露西亞騎士的冒險。冒險就是佛朗明哥（Flamenco）舞、也是安達露西亞精神的特徵。

「塞維拉，一座／潛伏著悠揚節奏的城／並使這些節奏／盤旋成迷宮／宛似燃燒的葡萄藤。」羅卡這樣寫道。在塞維拉，找葡萄藤般的小路到大教堂，大教堂順理成章就是一大串葡萄，充滿了細節和豐滿多汁的故事。這又是一個被層層篡建的歷史見證，關於它怎樣從清眞寺、宣禮塔演變成今天的大教堂和吉拉若達鐘樓，張承志的《鮮花的廢墟》已經講了很多。教堂內部的縱橫石紋令我們想到一個巨大的冰

NORTUSA

皮月餅——這可愛的想像多少沖淡了歷史的重壓，即使我們看見王子雕像的長矛下，穿刺著一枚石榴——石榴曾經是摩爾人的安達露西亞的象徵，我們也只是爲這意象的赤裸裸而失笑。

吉拉若達鐘樓非常娟秀挺拔，也早已成爲塞維拉的地標，羅卡索性說：「塞維拉是一座塔樓／布滿細心的弓箭手」，被射中的恐怕就是迷戀上塞維拉的佛朗明哥舞者的孤獨騎手，死亡也就成爲冒險的必然代價、從而變得光榮和迷人。塞維拉人絕對懂得這點，在大教堂裡陳列的基督頭像、受難像等誇耀著血腥的暴力美學，同時這裡也是鬥牛之都，大教堂不遠處就是古老的鬥牛場和鬥牛博物館，無遮無攔的白熾陽光中，鑲著鮮黃邊的白建築似乎壓抑著一聲淒厲的叫喊——午後，四周一片死寂，我彷佛聽到公牛劇烈的心臟在我胸中跳動。

能夠中和塞維拉的暴烈的，只有它殘餘的阿拉伯色彩。這樣的超然的阿拉伯抒情詩，平行於那樣強烈的西班牙悲劇，兩者的美，均不由得你選擇，因爲這就是安達露西亞矛盾的魅力所源來，正如羅卡所說：「安達露西亞的心靈／在尋找昔日的針芒。」

【安達露西亞謠曲集】

（五首）

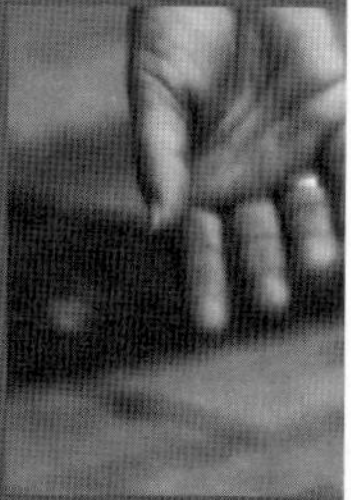

格林納達小夜曲

格林納達，格林納達
誰是夜半對歌者？

費德里卡與索麗妲，海兔子與夜鶯
酒醉的格林納達說

我看見橘子與陰影組成旗的三色
我看見月亮與城垛組成死的翅膀
酒醉的格林納達說

深歌的人在小酒館的花槽
埋下三把匕首
深歌的人在阿罕巴拉的噴泉
放生了星星的鯉魚

格林納達，格林納達
誰是她深歌中注定別離的人？

吉訶德與桑丘，橘子與瘋牛
十四歲的格林納達，跳著最痛的舞

二〇〇九．九．四晨
格林納達

安達露西亞路上謠

從格林納達到哥爾多巴
四億株橄欖樹佇立這曠野
四億朵鬱卒的雲！

四個摩爾人飲馬，被劍痲所傷
四個馬首骷髏，是四個方向

C

我的劍佩夾雜著彆扭
我的桑丘摟著邪眼的女奴

一首硯秋深歌，叫作荒山淚
一滴就動盪，安達露西亞如靜海

一城接一城的白啊
一城接一城，大夢升降，木屋悄悄開花了

二〇〇九·九·四
從格林納達到哥爾多巴路上

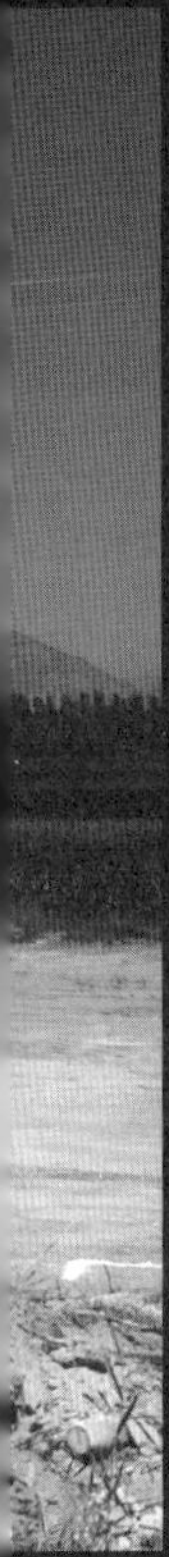

阿蘭布拉宮絕句

一冊色盲圖中，我作著斑馬夢
夢見我蹓躂在巴依老爺的夢中
阿凡提在我的鬃毛上編織遺忘的算式
我輕聲告訴他宇宙將廢，如阿蘭布拉宮

二〇〇九·九·三日至五日
格林納達至哥爾多巴

哥爾多巴城

哥爾多巴城
大海漂著風信雞

一隻風信雞
飄在荒涼星的大海上

它被太空的黑風
吹得東搖西碰

瓜爾基維河的戀人們
親吻它如一個小傷心

瓜爾基維河的畸人們
安慰它如一段未了緣

我在瓜爾基維河岸邊
數點著聲音僅餘的零錢

一隻風信雞
飄在漢語的沉默上

哥爾多巴城
乘除又加減

二○○九・九・五
哥爾多巴

依莎貝舞佛朗明哥行

塞維拉一夜，你危險地孑立
我的長安和他的瓜達基維河岸

你不知危險，策馬猶低接扇
你不知危險，脫衣猶臨碎鏡

那漢子空中摩掌，要把我拉回
烈酒灑過的鬥牛場，用啞嗓的鞭

另一個漢子奏樂，六柄尖刀輪流
探索我腰間哀鳴的河流

我聽到你這死亡的馬蹄踏踏
洛爾卡跑過的世上最好的路程

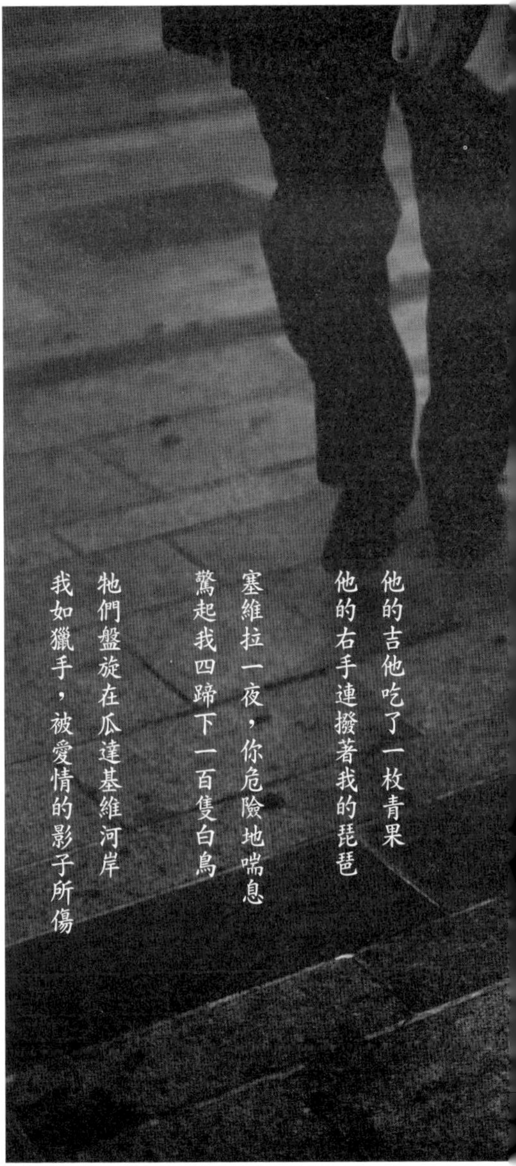

他的吉他吃了一枚青果
他的右手連撥著我的琵琶

塞維拉一夜，你危險地喘息
驚起我四蹄下一百隻白鳥

牠們盤旋在瓜達基維河岸
我如獵手，被愛情的影子所傷

我的安達露西亞如長安西行路
被祁連山的影子所傷

你這熾熱的馬蹄踏踏
跑過我深幽厲寒的河流

二〇〇九．九．七夜
於塞維拉觀Isabel Lopez跳佛朗明哥舞
九．十詩成於佩魯賈

跋

影的告別

「在支離的樹影上，我看見一個少年的影子前行。他的兩肩寬闊，腰板堅直，像穿了宇宙船駕駛員的制服，遨遊於一九九一年，不知道宇宙將凝結爲一渾濁磨花的玻璃球、眾星壓迭如濕重的枯葉。」

「他擺動雙臂彷彿有阿童木的猛力，把十多年的淤泥嘩啦啦撥開，如劍魚劈開血海，他劈開一九九三年的囚獄、一九九七年的流放、一九九九年的瘋癲、二〇〇三年的窒息、二〇〇五年的二〇〇八年的二〇一〇年的死亡。他一握若脆的手腕，竟綁了一艘油輪的駑重。」

「樹影劃過那些軋軋作響的骨骼，黑暗爲我們身邊一切蒙上一張巨大的驢皮，冰涼且腥。我們在全然看不見對方的時候握手道別，我爲他點了一根菸，順勢把他背上全部的負荷挾爲己有。在如銀河一樣熄滅的火雨之路上，他有他的、我有我的一葉舟。」

我和一個騎著馬骸的孩子說了這個寓言，他並不認爲這是個寓言，踢著我的頭骨，他又邀四周的小鴉們開始了新的遊戲。

文學叢書 275

INK PUBLISHING 衣錦夜行

作　　者	廖偉棠
總 編 輯	初安民
責任編輯	丁名慶
美術編輯	林麗華
校　　對	吳美滿　丁名慶　廖偉棠
發 行 人	張書銘
出　　版	INK印刻文學生活雜誌出版有限公司 台北縣中和市中正路800號13樓之3 電話：02-22281626 傳真：02-22281598 e-mail : ink.book@msa.hinet.net
網　　址	舒讀網http : //www.sudu.cc
法律顧問	漢廷法律事務所 劉大正律師
總 代 理	成陽出版股份有限公司 電話：03-2717085（代表號） 傳真：03-3556521
郵政劃撥	19000691　成陽出版股份有限公司
印　　刷	海王印刷事業股份有限公司
出版日期	2010年12月　初版
ISBN	978-986-6135-00-2（平裝）

定價　260元

國家圖書館出版品預行編目資料

衣錦夜行 / 廖偉棠著 .--
初版 . --台北縣中和市：INK印刻文學，
2010.12 面；　公分. --（文學叢書；275）

ISBN 978-986-6135-00-2（平裝）

855　　99020440